死ぬまでに行きたい海

岸本佐知子

スイッチ・パブリッシング

死ぬまでに行きたい海　目次

写真　岸本佐知子
装幀　宮古美智代

死ぬまでに行きたい海

赤坂見附

大学を出てから勤めた会社は赤坂見附にあった。六年半ほぼ毎日通ったその街に、今したまに行くことはあるが、なるべく周りを見ないように下を向いて早足で歩く。この街でやらかした自分の数々の失敗・失態・かけた迷惑・かいた恥の記憶がわっとこみ上げて、それが懐かしさとないまぜになって、軽いめまいを起こすからだ。

　だから久しぶりに目を上げてこの駅で降りてみたら、駅ビルのベルビー赤坂が丸ごとビックカメラに変わっていて驚いた。私が勤めていた八〇年代、ここは「ＤＣブランド」の牙城だった。ピンクハウス。ビギ。ニコル。アツキオオニシ。ヒロミチナカノ。ジュンコシマダ。インゲボルグ。モガ。ビバユー。パーソンズ。事務仕事が絶望的に向いていなかった私は、穴だらけになった自尊心をパテで埋めるように、会社帰りにここで服を買った。カードにサインする一瞬だけ自尊心が蘇り、五分後には色あせて自己嫌悪に変わったが、それでも買うのをやめられなかった。私の何百万かのお金を吸い取ったあの店々も買った服も、もうない。同期の女子で私が誰よりも貯金が少なかった。

駅を出て横断歩道を渡ると、すぐが会社のビルだ。だが会社の中枢は私が辞めたあとお台場に移ってしまったから、今あるこれは会社の脱け殻だ。こっそり中に入ってみる。正面ロビーに人影はない。受付も今は無人で、〈御用の方は内線で連絡してください〉と書かれた札が立っている。フロア表には、会社の名前のついた関連会社や聞いたことのない部署名が並んでいた。受付カウンターの上に三十センチぐらいのクリスマスツリーが置いてあって、誰も見ていないのに、けなげにピカピカ点滅していた。

外に出て、246沿いに少し歩いてから裏道に入った。昔よく昼を食べた店がまだあるかどうか確かめたかった。みんなが「あのカレー屋」とだけ呼んでいた名前のない店で、おんぼろの民家のような建物の外階段を上がった二階にあった。もともとは麻雀荘だったのだが、カレーがあまりに美味しくて、いつの間にかそっちが本業になってしまったのだと聞いた。さらさらのルーだけ何回でもお代わりできた。そこのお運びの人は小太りで色白で声が高くて、どんなに目をこらして見ても男か女かわからなかった。建設会社の並びのたしかこのあたり、と思った一角は、丸ごと新しい大きなビルに建てかわっていた。二十年も前のことだ。きっとないだろうと覚悟してはいたが、ないとわかると何かこたえた。あの男か女かわからない人はどこに行っただろう。お爺さんかお婆さんかわからないものになって、今もどこかで元気でいるだろうか。

246まで引き返して、あらためて会社のビルを見あげた。（こうして見ると、意外とちっちゃな建物だったんだね。）そうだね。

弁慶橋を渡った。日が暮れかけて風が冷たい。橋のたもとのボートハウスは以前と変わらずにあった。六年半、毎日窓からここを見て、でもついに一度もボートに乗らなかった。私が触れなかったものだけが残っているみたいだった。ボートが見当たらないのは、もう年末で営業を終了しているからだろうか。

振り返ると、橋の反対側は赤坂プリンスホテルの跡地だ。あの高くて立派な屏風《びょうぶ》みたいだった赤プリがなくなってしまったということが、こうして目の当たりにしてさえ、まだうよく信じられなかった。爆破したり分解したりするのではなく、ダルマ落としのように下の階から順番に取り除いていく解体のし方をしたので、姿は同じまま、見るたびに背が縮んでいった。半年ぐらい前に見たときには五階建てぐらいになっていたのが、今はもう土台だけになっていた。

（これじゃもう何プリかわからないよ。）ふふふ。ほんとだ。

246を起点に、赤坂見附から赤坂のあいだを三本の通りが平行に走っている。会社に近い

ほうから順に田町通り、みすじ通り、一ツ木通り。通り沿いには無数の飲食店が隙間なくひしめいていて、私たち社員はそのどこかで毎日のように、昼を食べお茶を飲み夜になると酒を飲んだ。酒を造る会社だったし世の中はバブルだったから、酒を飲むことは美徳だった。ことに私は仕事でヘマばかりしていたから、それを償おうとして誰よりもたくさん自社の酒を飲んだ。頭の中にはたくさんの店とそこでの思い出が曼陀羅を作っていた。六年半の日々のなかで、その曼陀羅だけが輝いていた。あの時の店は、今どれくらい残っているだろうか。歩いて確かめようと思った。（でもカレー屋も赤プリも、そもそも会社だってもうないんだよ？）そう。それでも。

まだ日の暮れきらないうちからちゃんと顔を上げて歩く赤坂見附は、知らない街のようだった。そしてじっさい、そこはもう私の知らない街だった。記憶の中の店は、ことごとくぴかぴかしたチェーン店系の店に変わっていた。銀だこ。油そば。俺のフレンチ。ほぐしの王様。ビッグエコー。カラオケ館。リンガーハット。

そんな中に、よく残業のときに出前を取っていた洋食屋が、昔の姿のままでぽつんと残っていた。ショーケースの中のサンプルまで当時のまま、埃をかぶっていた。（「ザンホの値打ちもない」、覚えている？）覚えてる。ザンホというのは〝残業補食〟の略で、残業で夜食が必要なときは会社から支給される特別なチケットで支払いをした。夜、皆でこの店のナポリタンやオムライスやカツカレーをぼそぼそ食べながら、「ざんげの値打ちもない」の替え歌をうたったものだった。

田町通りを突き当たりの赤坂まで歩き、一本隣のみすじ通りを赤坂見附方向に引き返すあいだも、記憶の中の店はやはりほとんどなくなっている。一時そこの味噌鴨バターに中毒して週に二度くらい行っていたラーメン屋のNも。紺地に白抜きののれんが、よく見ると白マジックで手書きしてあった麦とろ屋のCも。柚子胡椒の使用が厳しく制限されていた長崎ちゃんぽん屋のNも。マスターが同じ会社の元社員で、カウンターの上で踊っても叱られなかったショットバーのGも。

宣伝部の溜まり場のようになっていたCという寿司屋も消滅していた。ビルじたいは老朽化しながらも残っていて、寿司屋のあったところにはエステサロンが入っていた。(この店で言った「『ホッキとそのヒモ』バーイ倉田百三」っていう冗談、あんまり受けなかった。)さっきから話しかけてくるこの声、会社のビルを出たあたりから気配となってついてくる、これが誰なのか、もちろん私は気づいている。ソバージュの髪、太い眉、会社支給の黄色いスカートに七百八十円のつっかけ。共布のベルトの端がめくれあがるのを、ダブルクリップで留めている。

また246に突き当たり、私たちは最後の通りを赤坂方向に引き返す。すぱじろう。カラオケ館。エスパス。てんや。ジェルネイル。いきなりステーキ。コンビニ。またカラオケ館。もうあまり確かめずにのしのし歩く。老舗ケーキ屋のSの前には人だかりができていた。(クリスマスなのに、ジングルベルがあんまり聞こえないね。)知らなかった? バブルはもうとっくに終わったんだよ。

　パセラ。てもみん。はなまるうどん。岩盤浴。エクセルシオールカフェ。ａｕショップ。歩きながら、いろんな思い出や顔や声が脈絡なくつぎつぎに蘇ってくる。部長の大事な資料の上に寿司桶《おけ》をひっくり返したこと。ポスターのサイズをまちがって発注したこと。伝票の桁《けた》が一つまちがっていたこと。ふだん温和な同僚のおじさんに「あんたにゃこの仕事無理だよ」と言われたこと。怖い先輩に叱責されて立ったまま腰を抜かしたこと。合コンの帰り道、タクシーでいっしょになった男の同期に小さく舌打ちされたこと。夜中の二時に、隣でいっしょに残業していた先輩と、酔っぱらって腕を組んで、この道をスキップしながら「星の流れに」を歌ったこと。

　思い出すごとに笑ったり、呻いたり、歯噛みしたりしながら、私たちはこの旅の終点になるはずの一軒の店のことをはっきりと意識していた。一ツ木通りの突き当たり近く、ＴＢＳの少し手前にある古い書店。入社五年めの昼休み、ソバージュにつっかけの私はその店で英和辞典を買った。会社以外に居場所がほしくて翻訳学校に申し込みをした、その翌日のことだった。その後のいろんなことの始まりになった、あの店はまだあるだろうか。ないかもしれないと思うと、なんだか背中がすうすうした。

　書店は、あった。記憶の中よりずいぶん縮んで、白く明るくなっていたけれど、残っていた。私が辞書を買った薄暗い地階はなくなっていた。ずっと買うのを迷っていた高いハードカバーを奮発して、記念にカバーをかけてもらった。通りに出ると、夜空にＬＥＤのイルミネーションが冷たかった。ソバージュの気配は、もうそれ以上はついてこなかった。

多摩川

生まれてから今までずっと、意識の端にはつねに多摩川があった。神奈川で生まれて三歳で東京の南側に引っ越し、以後その二つのあいだを行ったり来たりして、そのたびに住所が多摩川のあっち側になったりこっち側になったりした。私にとって多摩川は、ゴム跳びのゴムのようにつねにそこにあるものだった。

それほど長い付き合いであるにもかかわらず、多摩川そのものにまつわる記憶は意外なほど少ない。

小学校のころ、クラスで多摩川べりに写生に行った。先生は私たちに「想像力を働かせて心に浮かんだものを自由に描きなさい」と言った。クラスの中でもいちばん目立たない、ちょっとおどおどした感じの女の子が描いたものは、なぜか〝三つの赤い玉〟だった。でもこれは本当は私の体験ではなく、中学のときに仲の良かった友だちから聞いて忘れられない話だ。

自分の背丈より高い枯れ草をかきわけかきわけ進んでいくと、なかば朽ちかけた死体があった気がするのも、もちろん『リバーズ・エッジ』の一場面が記憶に転写されたのにすぎない。川に膝まで漬かってトランペットを吹いている人を見たこともあるが、これだって本物の記憶かどうかあやしい。

借り物ばかりの多摩川の思い出の中で、でもこれだけはまちがいなく自分のものだと言える記憶が一つある。

幼稚園のころ、同じ社宅の何家族かで多摩川べりに遊びに行った。水の中に入ってはだめだと言われていたのに、私は裸足になって浅瀬でばしゃばしゃやって叱られた。証拠写真もちゃんと残っている。ボート乗り場の桟橋の上で、私が裸足でうつむいている。それが何をしているところかも鮮明に覚えている。乾いた木の上につく自分の足跡の形が面白くて、何度も足ぶみをしていたのだ。

これが多摩川のどのあたりなのか、ずっと気になっていた。背後に橋が見えているから、どこかの橋のたもとのボート乗り場にちがいない。母に写真を見せて、覚えているか訊《き》いてみた。覚えていない、と母は即座に言った。二子橋だったかもしれない。小田急線に乗っていったよ

貸ボート

うな気がする。それだけ言うと、母はもう興味をなくしたようだった。父も母も歳をとって、その写真のアルバムの中で笑ったり怒ったりしているのとは別の人になってしまった。

だが地図で見ると、二子橋のそばに小田急線は通っていない。となると一つ下流の丸子橋か、それとも上流の多摩水道橋か、いずれにせよ三つのうちのどれかだろうと当たりをつけた。


川べりに車を置いて土手を上がっていくと、見渡すかぎりだだっ広い野っ原だった。芝生にれんげ、クローバー、タンポポ。ここでピクニックしたら気持ちいいだろうと思うが、平日の昼間は人影がない。遠くで芝刈機が眠たげな音をたてて同じところをぐるぐる周りつづけている。野宿者のおじさんが自分の三倍ぐらいある黒い荷物を後ろにくくりつけて自転車をこいでいく。〈バーベキュー禁止〉〈ゴルフ禁止〉の立札。〈溝に注意〉の立札。だが溝はない。

丸子橋を右手に見ながら、見えない川面を目指して歩く。細いけもの道をたどって徐々に丈高くなっていく草の中を進んでいくと、行く手に小屋らしいものが見えてきた。ボート小屋か。胸が高鳴る。だが近づいていくと、それは青いビニールシートを張った手作りの住居で、進むにつれて似たような家がしだいに増え、ちょっとした集落になっていた。住人の姿は見えないが、中からラジオの音が聞こえてきたり、デッキチェアが出してあったりして、映画に出てくるベトナム戦争の米軍キャンプのような優雅さがあった。草の青い匂いがした。

唐突に川べりに出た。狭い川幅の両岸がコンクリートで固められ、水は浅くざあざあ流れていた。ボートに乗るようなところではないと一目でわかった。護岸にぼんやり座っているおじさん。釣りをしているおじさん。それを見ているハト。上半身裸でコンクリートにじかに寝ているおじさん。みんなが等間隔だ。このうちの何人かは、あの集落の住人なのだろうか。わからなかった。川べりはすべてがゆるく、空気がとろんとしていた。流れに突き出すように名前のわからない、子供のころよく見た雑草が生えていた。先端を逆向きにしごいてみた。懐かしい手応えがあって、ままごとの「ごはん」と呼んでいた緑色の粒々が、手のひらにこんもりととれた。

二子橋のたもとは広大な砂利世界だった。それが鉄パイプを組み合わせたバリケードめいたもので複雑に仕切ってあって、川原は見えているのに近づくことができない。映画館のチケット売場のように鉄パイプに誘導されて進んでいくと、青地に白く〈ＳＴＡＦＦ〉と書いたシャツを着た女の人に、メガホンで「そのまままっすぐお進みください！」と呼びかけられた。川原全体が貸しバーベキュー場になっていたのだ。入場料お一人様五百円。道具レンタル、簡易トイレあり。メガホンの女の人にバーベキューではなく川原を散歩しにきたのだと告げると、鉄パイプの隙間から通してくれた。ボート乗り場はありますかと訊ねると、ここにはないですねえ、と答えた。

砂利を踏みしめて川のほうに進んだ。空がぼかんと広くて、向こう岸に二子玉川のタワーマンション群が見える。なんだか死後の世界のようだ。草まじりの砂利の上をバーベキューの匂いが流れてくる。ふいに何か黒いものが頭上をかすめた。カラスだった。三メートルほど離れた地面に舞い降り、羽を広げ、体をふくらませてぐわあ、ぐわあと太く鳴く。それでも進もうとすると、またバサバサと飛んでこちらの頭すれすれをかすめる。ここは彼か彼女の縄張りであるらしかった。川をあきらめて引き返す途中で、振り返って一枚だけ写真を撮った。あとで見たら、川向こうのビル群が、何度目をこらしてもCGにしか見えなかった。

空腹だったし足が疲れたので、稲田堤の川べりの店に行った。海の家みたいなよしず張りの小屋で、メニューも海の家みたいなのが面白くて、ときどき友人たちと来るところだ。焼きそばともつ煮を頼んで、袋菓子のカールも買って、あとは延々待つ。おばちゃんが一人でやっているのだ。去年ぐらいまでは地元の犬連れの人や暇そうなおじさんが客の大半を占めていたが、「dancyu」に載ったせいで、急におしゃれな感じの客が増えた。本格装備のサイクリングの男女。クリエイターふうの男女グループ。建築業界らしい男二人。細マッチョとミナペルホネンのカップル。風に吹かれて会話の断片が聞こえてくる。「五十五？　マジですか」「王禅寺のはうに三軒」「排卵剤を打って、卵管を」「二時間半はちょいキツイ」「こんどファミリーセールあるから」「つぶして駐車場に」……

焼きそば、できたわよう、とおばちゃんが中から呼ぶ。立ってもらいに行った人がついでにほかのテーブルのぶんも運ぶ。背中に〈河川パトロール〉と書いた青いつなぎ服の人がバイクを停め、草をかきわけて川岸に下りていった。風が気持ちいい。このとろんとした川の空気の成分は何だろう。このまま海までボートで下っていってしまいたかった。枝豆、できたわよう。白サギがたおたおと飛んできて川の中ほどに立った。川面にちりめん皺が寄る。ふいに爆音がして振り向くと、店のおばちゃんがレーサーのように前傾姿勢でバイクにまたがり、猛スピードでどこかに走り去った。河川パトロールの人はどこまで行ったのか、いっこうに上がってこなかった。

　土手に上がった瞬間、ここだとわかった。空気がそうだった。光がそうだった。土手にボートが甲羅干しのように並べてある。橋の手前の岸に黄色い屋根のボート小屋、というかそれじたいが船である小屋が横づけにされていた。客はいなくて、チェックのネルシャツを着たごましお頭のおじさんが座って川を眺めていた。近づいていって、ここはどれくらい前からやっているんですかと訊くと、「いやー、もう五十年くらいになるんじゃねえの？　おれはさ、客だからわかんないのよ。お前ヒマならちょっと代わりに座っといてくれって言われて、涼んでるだけだから。向かいっ側に主人いるからさ、あっちに訊いてよ」。

　多摩水道橋を歩いて渡った。恐竜の背中みたいに盛り上がったアーチがきれいな、長い長い橋だった。五十年前の写真の中のスカスカの鉄骨と同じ橋とは思えない。

向こう岸に着くころには日が傾きはじめていた。土手のスロープを斜めに下りていくと、同じようなボート小屋というか船がもやってあり、その手前の売店小屋で、二人組のお爺さんが、何かを運んだり片づけたり軽トラックの荷台に積んだりしていた。さっきのおじさんと兄弟のようによく似たほうの人に同じ質問をした。「おれが今年で七十六だからね、もう六十年になるよ。どれどれ。ああ、これは富屋さんだねえ。富屋さんはもうやめちまったよ。うちはその奥に写ってる、これだな」ボートはやっていないんですかと訊くと、六月一日からだという。乗りに来ますと言うと、「ぜひ来てよ。ここもうおれの代で終わりだなあ」と言って、作業の続きに戻った。

これでこの旅も終わりだった。夕暮れが近かった。場所が特定できて満足したような、なんとなく拍子抜けのような、半々の気持ちのまま、土手のスロープを斜めにのぼりはじめた。

後ろから自転車が近づいてきて横に停まり、さっきのおじさんが「あの写真、よくとってたな。大事にしなよ」と言って追い抜いていった。ふいに、私が見ていたあの足跡はもうどこにもないのだ、と思った。その瞬間、思いがけない強さで胸がしめつけられ、坂道の途中で立ち止まった。

四ツ谷

中学、高校、大学と十年間乗り降りした駅だったのに、久しぶりに降りてみたら出口がわからなかった。駅はアトレと合体してすっかり様変わりしていて、記憶とまるでちがう。表示で大学のあるほうを確かめ、階段を上がっていった。

出ると視界が白い。気温は三十五度を超えていた。連続猛暑日の記録が毎日更新されていた。駅から交差点をはさんで斜向かいに、木の桶《おけ》をさかさに伏せたような現代建築があった。大学に隣接する教会だ。私がいたころは、いかにもヨーロッパの古い教会といった風情の建物だったが、何年か前に建て替えられたのだ。私が受験をしたときは、大学のパンフレットに古びた素敵な教会をバックに芝生の上で青春を謳歌している学生たちの写真が載っていて、みんなそれに憧れてここを選んだ。でも入学してみると、大学と教会は隣接しているけれどつながってはおらず、私は在学中ついに一度しか教会内に入らなかったし、芝生の上での青春の謳歌もなかった。だから素敵ヨーロピアンが桶に変わっても、大して喪失感はなかった。

中学高校のことは濃密に覚えているのに、大学にいた四年間の記憶は、かき集めてもなぜか三日分ぐらいしかない。ただ何となくぶざまだったという印象だけがある。

だから今日は記憶喪失の患者をゆかりの場所に連れてくるようなつもりでここに来た。現地に立てば何か思い出すかもしれない。でも気が進まなかった。記憶喪失者が何かを思い出して幸せになることはまずない。小説や映画なんかだとたいていそうだ。だから友人を誘った。大学とはなんの関係もない、さいきん知り合った年下の友だちだ。さっきから「あっづい」と「ガリガリ君食べたい」しか言わない。この場にはふさわしい連れだった。

学校の正門に続く道の入口に、ガンジーみたいな焦げ茶色の痩せた人が地べたに倒れていた。死んでいるのか涼んでいるのかわからないくらいの完璧な倒れっぷりだった。木の根元に彼の生活用具であるらしい洗面器やコップや手拭いが置いてあった。茶碗や箸やおたまが濁った水に漬けてある。

土手に沿った道を歩いて大学の正門からメインストリートに入る。何百回と通った道のはずだが、あまり記憶がない。正門から全速力で走ればあっと言う間に裏門に突き抜けてしまうくらいこぢんまりとしたキャンパスだ。そのメインストリートと十字に交わるもう一本の道、そのx軸とy軸のまわりにひしめく建物群、それがこの大学のすべてだ。

　正門から入ってすぐ右手の校舎はレンガ造りで古い。ここでは語学の授業をいっぱい受けた。怖い授業が多かった。英文科の、神父なのに海兵隊の鬼軍曹のようなM先生は、ものすごい早口で英語の文章を言い、それを端から順に生徒にリピートさせて、ちょっとでもつっかえると「Next!」と次の人をさした。「M神父のNext!」を私たち英文科の学生は恐れた。授業が終わったあとも、体じゅうに落ち武者のようにNext!が刺さったままの人をよく見かけた。

　それから初級フランス語の、名前を忘れたロマンスグレーの先生。生徒の一人が何度言い直しさせても同じ発音のまちがいをするので、とうとう教壇を降りて彼の隣に座り、「次に同じまちがいをしたら僕は君を窓から落とす」と言った。本気だった。彼が落とされたのかどうだったか、記憶があいまいだ。

　十字路を右に折れてピロティを抜ける。学校は夏休みのはずなのに、意外なくらい人が多い。学生たちは涼しげな服を着て摺《す》り足で歩く。女の子はみんなフリルのついたノースリーブのトップスを着て小ぎれいだ。リクルート姿もちらほら交じる。自分は当時どんな服を着てここを歩いていたのだったか。友だちがみんなやっているのを見て焦って真似した「ハマトラ」、だっただろうか。ふくらはぎの脇に謎のボンボンのついたハイソックス。ウェッジソールの靴。みんなにはそれがとても似合ってキラキラしているのに私ひとりが猿みたいで、「うわあ」突

然頭を抱えた私を見て、友人は「なにそれ受ける」と笑っている。あのボンボン靴下。たしかに狂っていた。でもそれがなければ人間になれないと思っていた。

校舎と校舎の狭い隙間で、どこかの運動部の男子たちが「いち・に・さん・し」と平坦な掛け声をかけながら腹筋をしている。見ていると今度はラケットを両手で持って大きく開いた脚をずどどどどどと踏みならし、最後にスマッシュの仕草をしはじめた。三十五度なのに誰も汗をかいていない。みんなきれいに笑っている。あのころ、夏の私はドロドロで臭かった。体を動かさないアーチェリーは夏は暑く冬は寒かった。部内は一年と二年、二年と三年が対立しており、男子と女子も仲が悪かった。男女ともに六部制リーグの六部で、リーグが七部制になると入れ替え戦ですぐに七部に落ちた。試合出場に必要な最低人数も割りそうになったので、逃げられなくなる前に抜け駆けのようにしてやめた。尊敬する先輩女子に「情けない」と泣かれた。「手紙を書きます」と約束したのに、けっきょく書かなかった。

歩いていくうちに〈H＊＊ホール〉と書かれた建物の前に出た。ああー、ここだったんだ、と思った。在学中に名前だけは何度も聞いていて、みんなはしきりに利用しているふうだったのに、私がついに一度も足を踏み入れなかった建物だ。入口に名前の由来となったH＊＊神父のレリーフが飾ってあったが、ラテン語で書かれていた。フロア案内板を見る。演劇アトリエ。美術アトリエ。放送スタジオ。トレーニングセンター。暗室。印刷室。アナウンス室。閉じたドアの向こうから手拍子、そしてどっと歓声が聞こえた。「なんかさあ……あなたがここに縁がなかったっていうの、わかる気がする」いつの間に買ったのかジュースを飲みながら、友人が憐れむように言った。

　留学生とおぼしきグループとたくさんすれちがう。ふわっとココナツオイルみたいな匂いがした。日本人の学生は無臭かエイトフォーの匂い。運動部の部室がまとめて入っていた建物もなくなっていた。そこの一階にたしかカウンセリングルームがあって。と思ったとき、少し記憶が漏れた。四年生の春、授業中に息ができなくなって、手を挙げて教室を出た。そのまま走って、カウンセリングルームと書いてあるドアをノックした。私がしどろもどろに将来の不安や、時間が怖いこと、道路が二股になっているとどちらかを選んだことで人生が大きく変わってしまいそうで一歩も進めなくなること、本が怖くて読めないこと、髪の毛が洗えないこと、食べられないこと、眠れないことなどを訴えると、カウンセラーの男の先生は「なあんだそんなことか、あっはっは」と笑い、「これを読むといい」と言って、自分が雑誌に書いた文章のコピーをくれた。〝本当はピアニスト志望だったのに親に無理やり英文科に入れられた女子学生が、鬱病になって私のところに来た、「それなら習った英語を活かしてピアニストの伝記を翻訳すればいい」とアドバイスしたらすっかり元気になった〟というようなことが書いてあった。そこへは二度と行かなかった。

　メインストリートの十字路の一角、グラフで言うと第二象限にあたるブロックがごっそりなくなって、青空が広がっていた。ここがいちばん来たかった場所だったから、少し悲しかった。

たしか学食と学生寮と購買部があった。学食はものすごく汚くて安くてまずく、あまりにまずいので逆に何かの脳内物質が出て、コロッケのせうどん百五十円などを何度も食べた。入口近くにガラスケースがあり、その日のAランチBランチが実物で陳列してあった。クラスのAという男子は、月末ちかく仕送りが底をつくと、よくガラスを開けてそれを取って食べていた。今はその場所にはただ青空をバックに赤と白の高いクレーンが一本立っていて、二十階建てぐらいのタワーが建つ予定である旨が柵に書いてあった。

　正門を出て、向かいの土手に上がってみた。下に大学のグラウンドが広がっていた。そのいちばん隅っこ、バレーボールのコートの向こうに押しこめられて、アーチェリー部の練習場が変わらずにあった。あまりに狭くて小さくて、よくよく目をこらさなければわからないけれど、たしかにあった。着替え小屋の前に女子部員が一人いて、何かしていた。弓にスタビライザーをセットしているのだとすぐにわかった。さっき通りかかった掲示板に、女子洋弓部が一部に昇格したと書いてあった。七部だった運動部が一部になるのが三十年という時間だった。

　日はますます強烈に照りつけていた。セミしぐれがすごかった。ガンジーの姿はもう消えていた。私たちはくたびれ果て、少しやさぐれて土手でガリガリ君を食べた。けっきょく二日ぶんの思い出は三日ぶんのまま、遺跡みたいに地面のあちこちに散らばったままだった。「ま、いいんじゃないの」としゃくしゃくアイスをかじりながら友人が言った。そんなもんかな。レモンヨーグルト味のガリガリ君は、中に砕けたラムネの粒が点々と入っていて旨かった。かじった断面をじっと見ながら友人が何か言ったけれど、セミの声と丸ノ内線の発車の音で聞こえなかった。

「え？」と聞き返した拍子にスマホが手からすべって地面に落ち、表面が粉々に砕けた。

横浜

何十年ものあいだずっと、自分は「寿町産院」というところで生まれたのだと信じていた。横浜の寿町といえば、東京の山谷、大阪の釜ヶ崎とならんで「日本三大ドヤ街」と呼ばれるところだ。

何年か前、寿町のドキュメンタリーをテレビで観た。画面のどこかに必ず路上で寝ている人、昼からカップ酒を飲んでいる人、わけのわからない奇声を発している人が映りこんでいた。生活保護でタダで病院から処方された大量の向精神薬を路上で売りさばいている人がいて、それがまた飛ぶように売れたりしていた。全裸でふらふら外を歩いていて全身にボカシを入れられている人もいた。

　寿町すごい。そんな町で生まれた自分超クール。

　そう思い、いろんな人にそのことを話し、活字にもしたのだが、それがまちがいだったと知ったのは、つい半年ほど前のことだ。

　私の書いたものを読んだ母が抗議の電話をかけてきた。いわく、私の生まれたところは「寿町産院」ではなく「長者町産院」である。わざわざ縁起のいい名前の病院を選んで産んであげたのに。訂正してほしい。

　うろたえたのは私のほうだ。ドヤ街生まれのロックな自分像が音をたてて崩れてしまったのだ。自分は寿町生まれとしてもう何年も生きてきたのだ、自分の脳内の真実こそが自分にとっての真実なのだから訂正などできぬ、母にはそう強弁したものの、なんだか気が引けた。

　横浜には〇歳から三歳まで住んだ。桜木町の駅前の、運河沿いにある古いコンクリートの社宅だった。

　なにしろ三歳までだから、覚えていることは少ない。まちがいなく横浜の記憶だと言えるのは三つだけだ。

　一つは台所のテーブルの前に座っていて、そのテーブルの上に雑誌が開いたまま載っていたこと。白人の女の人が真っ赤な口を笑った形にあけて、スプーンですくった赤いゼリーを白人の赤ん坊に食べさせようとしていた。赤ん坊も笑っていて、口のまわりがゼリーのかけらで真

センター
ゴルフ教室

っ赤になっていた。すると突然外で激しい雨が降りだした。たぶんこれが人生最初の記憶。

もう一つは、風の強い日にデパートの屋上で十円玉を入れて動く動物の乗り物に乗っていたら、真正面から風が吹きつけて息ができなくなって、死ぬ、と思ったこと。

三つめは、母が外出のあいだ預かってもらうために、近所のお婆さんのところに連れていかれたこと。アパートのドアを開けると小さい皺だらけのお婆さんがにこにこしながら出てきて、お婆さんはとても優しそうだったけれど、笑った口の中がぜんぶ金歯で、しかも糸切り歯の一本がドリルになっていてぐりぐり回転しているのが恐ろしくて、私は火がついたように泣いた。しかたなく母は私を外出先まで連れていった。

それ以外にも、大晦日に船が一斉に鳴らす汽笛が聞こえたことや、山下公園で大きい黒い犬に鼻を押しつけられたこと、運河の向こうのビルの隙間に小さく打ち上げ花火が見えたことなどを思い出すが、これらはどれも後から写真や人に聞いた話で合成された人工の記憶ではないかという疑惑がある。

そんなふうにほとんど覚えていない横浜なのに、私には何か強力な磁場のような作用をもつらしい。

七年ほど前に電車に乗っていて、このままずっと乗っていけば桜木町に着くことに気がついた。それで降りるべき駅をやりすごし、ふらりと桜木町まで行ってしまったことがある。

久しぶりに降りた桜木町の駅前はすっかり変わっていた。記憶の中の灰色のごちゃっとした町並みは消え、高いぴかぴかのビルが建ち、観覧車があった。

なのに降りた瞬間から私は何かテンションがおかしかった。半分目が回ったみたいになって、頭の中で反響する「生まれた町！　生まれた町！」という自分の声を聞きながら、ふわふわと歩きまわった。新ぴかのビルの中を夢遊病者のようにさまよい歩き、全然似合わないスカートを試着もなしに買った。

本当にあれは何だったのだろうと思う。町の表面はつるんときれいだったけれど、ふとした一角に灰色の澱《おり》のようなものが溜まっていて、そこから空気中に懐かしいものの成分や匂いが漂い出ていた。でなければ地面の中に昔の横浜がそのまま埋まっていて、それが足の裏からアースのように伝わってくるのかもしれなかった。故郷クリプトン星の石ころを見せられてふらふらになったスーパーマンはこんな感じだったのだろうか。


つい先日、その時いらい初めて横浜に行く機会があった。友だちに港のほうでやる展覧会に誘われたのだ。それで、長者町産院を見てみようと思いついた。

待ち合わせの前に、ひと駅手前の関内で降り、そこから少し歩いて目当ての交差点に出た。事前にネットで調べたら、〈長者町産院〉で一件だけヤフー知恵袋がヒットした。長者町産院について知りたい人が、私のほかにも一人いたのだった。産院は三十年前になくなったらしく、でもおおよその地図が示してあった。

地図上のそれらしき場所にはメタリックな光沢の青い大きなビルが建っていた。一階はリフォーム店だった。前に立ってみたが、何の気持ちも湧いてこなかった。本当にここだという確信がもてず、あたりをうろうろ歩きまわった。道路がやたらと広く、新築のマンションが立ち並んでいた。青いビルの隣は立体駐車場。その隣が蔦に絡みつかれた古いゴルフ練習場だった。新しい地層の中で、そこだけ古い横浜がぬっと露出しているようだった。

向こうから日傘をさしたお婆さんの一団が歩いてきたので、長者町産院を知りませんかと訊いてみた。「あたしはダメ、あたしは全然もう」「これ何、テレビかなにか?」「サトウさんなら知ってるわよ、ちょっとサトウさあん」

サトウさんによると、やはりあの青いメタルのビルが長者町産院のあった場所なのだそうだ。もうずいぶん前になくなっちゃったけど。私、あそこで生まれたんです、と言うと、サトウさんは「あなたヨシダさん知らない? あの上に住んでたんだけど」と言った。一階が産院、その上が公団アパートになっていたそうだ。知りません、すいません、と言うと、サトウさんはがっかりしたような顔をした。

産院跡の向かいは遊歩道になっていて、平日の昼なのに人が多かった。数人のお爺さんが木陰で碁を打っていたり、お爺さんの二人組がベンチで話をしていたりした。家族連れの単位は五人や七人だった。大連みたいだ、と、大連に行ったことがないのに思った。

港に行くバスに乗るために、電車で桜木町まで行った。駅前は、前に来た時よりもさらにつるつる化が進んでいた。角角に淀んでいた灰色の澱は、きれいに蒸発していた。私は舗道の上で何度も足を踏みしめて、地中深く埋まっているはずの古い横浜の応答を求めたが、もうアースは伝わってこなかった。

バス停に立って見あげると、前はなかった駅ビルの壁に、大きな垂れ幕がかかっていた。永久凍土の中から無傷のまま発掘された子供のマンモスを展示している、と書いてあった。

上海

上海というと私が真っ先に思い出すのはヒマワリの種だ。長江下りのフェリーで、老いも若きも袋いっぱいのこれをポリポリ食べていた。街全体が石造りで、人波は茶色かった。お年寄りは人民服を着ていた。いまテレビで見るような近未来的な高層ビルは、まだどこにも存在しなかった。

上海に行こうと最初に言いだしたのが誰だったのか、よく思い出せない。上海はこれからどんどん変わる、だからまだ面白い今のうちに行くべきだ、とその誰かは言ったのだ。

時代は八〇年代後半で、私たちは毎晩のように会社帰りに酒を飲んで、いくつもの名案を思いついては盛り上がり、盛り上がったそばから忘れた。なのに上海行きの件だけはなぜか忘れ去られず、あれよあれよという間に手はずが整えられて、気づくと本当に上海の地に降り立っていた。会社の仲間五人だった。

行けば何とかなるだろうと思っていた。あれだけの都会なら英語だって通じるだろうし、いざとなったら筆談がある。

だがどうにもならなかった。街には英語の標識ひとつなく、漢字も簡体字でまったく読めなかった。まず空港からタクシーでホテルに行くのからして試練だった。着いてから「いまフロントで両替してくるからここで待っていてくれ」ということを英語や身振り手振りでどんなに訴えても通じなかった。後輩のS田君が「よし、俺に任せろ」と言って自信たっぷりに〈待今我金交換〉と紙に書いて見せたが、運転手は怒った顔で何かまくしたてるばかりでドアを開けてくれない。困りはてていると窓を叩く音がし、もう一台のほうに分乗して、とっくに支払いを済ませていたM井さんが助けだしてくれた。M井さんは取引先の印刷会社の人で、五人のうちで一人だけ歳が離れていた。頭が薄くて恰幅《かっぷく》がよかった。さすがは年の功だ、とみんなが感心した。

上海に着いて最初に覚えた中国語は「メイヨー（無い）」だった。何を訊ねても、はぐらかすような曖昧な笑みとともにこれが返ってきた。ホテルのフロントで絵ハガキはあるかと身振り手振りで訊いたら、もちろんんだ、待っていろ、というように背を向けかけた相手の横顔に突然「面倒くさい」という表情がありありと浮かび、くるっと向き直って「メイヨー」と言われた。まだ共産主義が世の中を支配している時代だった。

その夜ホテルのレストランで食事をしたあと、一人がウェイトレスに灰皿を頼んだ。私たちは「アッシュトレイ！」と言い、煙草を吸ってもみ消すジェスチャーをし、紙に〈灰皿〉と書いて見せたが全部「メイヨー」だった。するとM井さんが大声で「灰皿だよ、灰皿！」と言った。日本語だった。すぐに灰皿が出てきた。じつはタクシーの時もM井さんは「両替するから！」と日本語で言って、ほとんど気迫だけで通じさせていたのだった。

翌日は朝から街に出た。街は私たちを興奮させた。目抜き通りの建物はどれもどっしりとした石造りで、ヨーロッパの古都のようだったが、二階から上にはずらずらと洗濯物が干されていた。建物と建物のあいだに細い路地があり、迷路のような魅力的な家並みが覗いていたが、入っていく勇気はなかった。卵を謎の黒い液体で煮たのを路上のあちこちで立ち売りしていて、ためしに買って食べたらびっくりするほど美味だった。空気に八角の香りが混じっていた。いたるところに〈道に痰を吐くのをやめましょう〉の横断幕があって（〝痰〟の字だけ略字でなかったのでわかった）、なのにみんな、若い女の人まで盛大に痰を吐きまくっていた。車道には自転車がひしめいていて、自動車はパパパパパパパパと間断なくクラクションを鳴らしながら、サメがイワシの群れをかきわけるようにして進んでいた。

見るものすべてが物珍しかったが、じつは私たちのほうこそ上海じゅうでいちばんの珍物件

だった。顔は同じ東洋人のはずなのに、私たちはどこへ行っても一発で日本人だとばれた。人々の服は黒か紺か茶で、私たちの浮かれた色の上着は街でひどく目立った。女の人は短髪かお下げ髪で、誰もパーマをかけていなかったし化粧もしていなかった。ホテルには西洋人の女もあったが、彼らはみんなバスで移動していて、私たちみたいにうかうか街を歩いている〝野良〟の外国人は、そう言えば一人もいないのだった。おかげで行く先々で人だかりができた。みんな話しかけてくるでもなく、ただ嬉しそうに私たちを囲んで指さしたり笑ったりしていた。それはまったく動物園の見物客の表情だった。

　それでも私たちは歩きまわり、標識がちっとも読めないせいで三回に一回は道に迷った。歩いている人を呼び止めて地図を見せると、みんな頼もしげにうなずいて、「ついて来い」とばかりに力強い足取りで案内してくれるのだが、二回に一回は正反対の方向に連れていかれた。知らなくてもとにかく「知っている」と答えることが親切と考えられているらしかった。

　謎の出来事もいろいろあった。飛び込みで入ったお粥《かゆ》の店で、つけ合わせに出てきたザーサイがすばらしく美味だったのでお代わりを頼んだら、二度めに出てきたザーサイはなぜか甘かった。喫茶店に入ってコーヒーを注文したら、ガラスのコップのお湯の底に白と茶の二つの球が沈んだものが出てきた。そっと周囲をうかがうと、みんな付属の箸でせっせと球を突いてお湯に溶かしている。真似をしたら、温かいコーヒー牛乳みたいな味の飲み物になった。日本円で五円にも満たなかった。

ホテルは大きな河のすぐそばにあって、そこを下るフェリーに乗るのが私たちの念願だった。ガイドブックにはホテルでチケットが買えると書いてあったが、案の定「メイヨー」で、河のほうに行け、みたいなことを言う。行くとたしかに券売小屋のようなものがあり、中に人もいるのに、料金表を指さして五枚、と何度ジェスチャーしても、曖昧に笑うだけで売ってくれない。しばらく押し問答をしているうちに、いつの間にか後ろに長い列ができ、みんなが例によってにこにこしながらこちらを見ている。なんだかもう発狂しそうだった。と、横から「ここが開くのは一時です」と片言の日本語で言う人がいた。

　痩せて小柄なインさんというその若い男性を、私たちは飛びかからんばかりにして捕獲した。彼に通訳してもらって何とか券を買うことに成功し、ついでに頼みこんで船にもいっしょに乗ってもらった。古びた大きいフェリーは客室が二階建てになっていて、上が外国人専用で料金も違ったが、私たちはすぐに下に降りてインさんと合流した。下は何もかもが上より古くて雑然として活気があった。高校生ぐらいの女の子のグループが袋入りの煎《い》ったヒマワリの種を勧めてくれた。口の中で器用に殻を割って中の白い部分だけを食べ、殻をプッと床に吐くのを実演してみせてくれるのだが、私たちは何度やってもうまくできず、それを見て女の子たちは本当に楽しそうに笑った。

　二階に戻ろうとすると、階段のところに腕章を巻いた人が立っていて、インさんとM井さんだけが止められた。M井さんはすでにすっかり中国に同化していて、何度か中国人から道を訊かれていた。

　インさんはどこかの工場に勤めていて、日本語の書類を翻訳する仕事をしているので、少しだけ日本語が話せるらしかった。彼は次の日もその次の日もホテルまで来て、私たちに付き合ってくれた。（しかし工場はどうしたのだろう？　そう言えば上海の街は、夜中も昼と同じくらい人であふれていた。あの人たちの勤務形態はどうなっていたのだろう。）私たちの窮状を見かねたのかもしれないし、外国人といっしょでないと入れないいろいろな場所に行ってみたかったのかもしれない。「友誼商店」という外国人向けのデパートで、一歩足を踏み入れたインさんが「おお……」と声をもらしたのを覚えている。私たちがタイガーバームだの銀細工の小物入れだのカシミアだの人民服だのを買い狂っているのをよそに、彼はエスカレーターを困惑と興味の入り交じった目で見つめていた。私はここで変な顔をした猫の形の陶器の枕を買った。割れないように注意ぶかく持ち帰ったこれが、今も家の中でいちばん大切な物だ。

　街を歩いていると、ときどき学生の一団からたどたどしい日本語で声をかけられた。判で押したようにまずS田君に「あなたはタカクラ・ケンのようですね」と言ってくるのだが、S田君は色白丸顔だったから、教科書の例文だったのではないかと思う。彼らはみんな将来日本に行き、そののちアメリカに永住するのが夢だと語った。あとでインさんが憤慨したように「学生は外国人と口をきいてはいけないのだ」というようなことを言った。本当だったのかどうか、今もわからない。

二十五年が経って、あんなに濃密だった上海の記憶も飛び飛びの点になってしまった。「上海雑技団」のトリは芸をするパンダで、一瞬舞台が暗くなってドラムが鳴るなか、暗闇のあちこちから「シェンマオ」という興奮した囁き声が聞こえたこと（パンダが「パンダ」でも「大熊猫」でもなく「シェンマオ」であることを、この時はじめて知った）。駅の蛇口から熱湯が出て、そこで長距離列車の乗客たちが麵を茹でていたこと。ホテルの一階に古いバーがあり、中国人のお爺さんカルテットが本格的なジャズを聞かせたこと。

それからインさんが最後の夜にガールフレンドを連れてきたこと。くせっ毛のおかっぱで、ちょっと離れた目がチャーミングな人だった。私たちが今までのお礼にお金を払おうとしたが、インさんは受け取らなかった。泣きそうな顔をしていた。

今でもときどき、インさんは、あの「タカクラ・ケン」の学生たちは、フェリーのヒマワリの種の女子高生たちは、どうしているだろうかと考える。ＳＦみたいなあの近未来都市のどこかに、スマートな服を着て闊歩する群衆のどこかに、彼らは本当にいるのだろうか。

海芝浦

いつか海芝浦に行きたいと思いながら、二十年経ってしまった。

笙野頼子の『タイムスリップ・コンビナート』を読んだのが、海芝浦のことを知った最初だった。横浜の鶴見線というローカル線の、そのまた支線の終着駅。ホームの片側が海、反対側は東芝の工場で、改札口が一つあるにはあるが東芝の敷地内に直結しているため、東芝の社員でないかぎり、降りてもそのまま引き返すか海に飛びこむか二つに一つしかない。そんな駅が本当に存在するという。

足がむずむずした。これはまさに可視化された地の涯《はて》ではないか。いちどこの目で見たい。

だが私はどこかに行きたいと思えば思うほど体が動かなくなる性質《たち》なので、その気になれば二時間ほどで行ける場所に二十年も行けないなどということが起こる。そうしてまだ見ぬ海芝浦のイメージばかりが頭の中でどんどん肥え太って、脳を圧迫しはじめていた。

去年の秋、その話を友人にしたところ、友人も前々から海芝浦に行きたいと思っていたことが判明し、あっさり決行の日はきまった。さらに周囲に声をかけたところ、たちまち七、八人が集まった。海芝浦に行きたいと思っている潜在的な人口は多いらしかった。

十一月の昼下がりの鶴見駅前集合で始まったその日は、さながら大人の修学旅行だった。鶴見川沿いを散歩し、焼鳥屋とも八百屋とも惣菜屋ともつかない謎の店でコロッケを買い食いし、つげ義春の漫画に出てきそうな路地を抜け、「国道《こくどう》」という名前の可愛らしい駅で電車に乗って「浅野」という駅で降りた。すでにじゅうぶん鄙《ひな》びた風情のＪＲ鶴見線は、ここでさらに二手に分かれて、一方の終点が海芝浦だった。

浅野は今まで見たどの駅よりも駅らしさがなかった。砂利だらけの空き地の真ん中にホームがぽつんとあって、改札もベンチも何もない。もちろん駅員もいない。すぐ横に低いコンクリートの建物があるが、駅と関係があるのかないのか、そもそも使われているのか廃墟なのかもわからない。建物の手前に花壇があってゼラニウムが植えてあったが、途中で力尽きたのか半分しか植わっていない。全体的に、小さなバス会社の独身寮の裏庭に駅のホームがくっついているといった風情だった。

この駅には猫がたくさん棲みついているという話だったのに、一匹も見当たらなかった。がっかりしていると、どこからともなく大きな黒リュックを肩にかけた小柄な痩せた男の人がやって来て、植え込みのような、それにしては野趣あふれすぎる低木の茂みにすたすたすたすたと近づいていき、すっとしゃがみこんだ。呼ばれたように猫が三匹茂みの中から出てきて地面に仰向けに転がった。その人は取り出した大きなカメラでたてつづけにシャッターを切ると、またすたすたすたとどこかへ行ってしまった。猫のほうも急に真顔に戻って起きなおり、植え込みの中に帰っていった。私たちも真似をしてしゃがんで呼びかけてみたが、とうとう一匹も出てきてくれなかった。あれはいったい何という魔法だったのか。

浅野から二駅乗って海芝浦に着いたのは、ちょうど日暮れごろだった。幅の狭いホームに降りると、鉄柵の向こうは本当に黒紫色の海だった。がらがらだと思っていた電車から、けっこう人が降りてくる。先ほどの猫の人が持っていたようなごついカメラを海に向かって構える人がいる。ブラジル人らしい人たちが改札を出て東芝の工場に入っていく。ホームの向こう端が、海と東芝にはさまれた細長い小公園につながっていて、海に向いたベンチにはカップルが何組か座っていた。

船のデッキみたいなホームの鉄柵にもたれて、きらきら光る対岸のコンビナートの灯を眺めた。生ぬるい潮風が正面から吹いて、ああ生きている、と思った。昔から、なぜか私は生ぬるい風に吹かれると、ああ生きている、と思うのだ。

乗ってきた電車がそのまま折り返しの始発になって発車するまでの二十分を、私たちは檻《おり》の中の動物みたいにホームをうろついて過ごした。それからまた浅野に戻って沖縄人街とブラジル人街がだんだらになった不思議な商店街を歩き、シークワーサー濃縮液の巨大ボトルや長いソーセージをぐるぐる丸めたのやウコンの粉や題名の読めないブラジルのホラーＤＶＤを買ったりして、最後にブラジル料理屋で焼いた肉・煮た肉・肉に肉を載せたもの・ソーセージと肉の煮込み料理を食べ、大人の修学旅行はお開きとなった。

　かくして二十年来の夢はかなった。海芝浦は予想どおりに面白いところだった。私は満ち足りた。

　だがしばらくするうちに、妙なことに気がついた。もう行ったはずの海芝浦に、なぜか私はまだ行けていないのだった。二十年来の空想の海芝浦はあいかわらず私の脳内にあって、膨らみつづけていた。夜、眠れなくて暗闇の中で目を開けていると、頭のどこかで海芝浦も目を開いて、私のことを待っているのがありありと感じられた。まぶたを閉じると、あの夜のプラットホームがどんどんどんせり上がり、五階建てのビルほどの高さの断崖絶壁になって、はるか下で黒い波が砕ける音がした。でもそのプラットホームはたしかにこのあいだ見た現実の海芝浦だった。空想の海芝浦と、現実に行った海芝浦とが、頭の中に同時に存在していて、しかも本当の海芝浦はまたべつにあるのだった。

　私はもう一度海芝浦に行くことにした。お盆前のいちばん暑い日に、昼間、独りで行った。

鶴見に着くと、鶴見線の電車は行ったばかりだった。次の海芝浦行きは一時間後だった。鶴見のホームで一時間待つよりはと、次に来た浜川崎行きに乗って、浅野で時間をつぶすことにした。

半年ぶりの浅野駅は、いっそう廃駅っぽさを増していた。前見た花壇にはマリーゴールドが二列だけ植わって、やはり力尽きていた。猫たちの姿はどこにもなかった。太陽の光の下で見る植え込みはますます獰猛さを増し、ソテツやススキのあいだから、気の狂った生け花みたいにテッポウユリがあちこち突き出していた。使われない線路が雑草の中に消えていた。

電車の中で缶コーヒーを飲みながら「アナタは日本語まちがってるよ」「ワタシの日本語合ってるね」と言い合ってげらげら笑っていた日系ブラジル人の三人組は、私といっしょにこの駅で降りたはずなのに、もう姿が見えなかった。

真っ青な空、恐竜の骨みたいな工場の錆《さ》びた鉄骨、やたら勢いのいい雑草、一つだけ咲いている巨大なヒマワリ、すごいほどのセミの声、そういうものに囲まれて独りでホームに立っていると、もう人類はとっくに滅びてしまっていたのだという気がしてきた。

三両しかない海芝浦行きの電車がごとごととやって来て、小学生のころよくやったように先頭車両の運転席の真後ろに陣取った。運河と併走しつつ後ろに流れていく景色は、初めて見るのにひどく懐かしかった。そうだこれは私が生まれたころの匂いのする景色だ。東芝。ナショナル。ダットサン。いすゞ。シスコーン。カバヤ。ペンタックス。ボーエンだよ。トリスを飲んでハワイに行こう。家の周囲の道がどんどん舗装されていった。四本足のテレビに大事にゴブラン織りの覆いをかけていた。東京オリンピックを四歳で見た。家族でデパートの食堂に行くのが娯楽だった。高度経済成長が、その勢いのまま枯れて、日を浴びている景色だった。海が見えてきた。

昼間の海芝浦駅はがらんとして、カップルもカメラの人もいなかった。手すりの向こうに昆布だしの色の海がだぶだぶ広がって、細かな木切れやゴミが縞になって浮いていた。対岸の赤白チェッカー柄のコンビナートはぼんやり霞《かす》んで、その向こうに富士山の形の積乱雲が湧いていた。

これでやっと私は海芝浦に来たんだろうか。わからなかった。家に帰っても、やっぱり海芝浦は私を待っているのかもしれない。来れば来た数だけ海芝浦は増えるのかもしれない。私もたくさんの私に分裂して、どれが本当の私だかわからなくなるのかもしれない。どの私も本当ではないのかもしれない。

手すりにもたれて海を見ていると、ベルが鳴って電車のドアが閉まる音がした。背後で東芝の工場がぼおおっと太い汽笛を鳴らし、海芝浦のホームは私を乗せたまま、ゆっくりと海に向かって滑りだした。

麹町

年末最後の飲み会もやっぱり麹町で、なんだか呼ばれているような気がした。このところ、なぜか立て続けにこのあたりに来る用事が続いていた。

たらふく飲んで食べて外に出たら、それほど寒くない暮れの夜だった。つい最近ちかくに仕事場を移したAさんが、うちでコーヒーを飲もうよと言うので、四人でぶらぶら歩きだした。あっちこっち寄り道しながら歩く通りはがらんとして、清潔で、でも寂しくはなかった。山小屋みたいな造りの洋食屋、竹塀で囲まれた茶道の本家、「う」とだけ書いた看板の出ている鰻屋、全部が古くてしたたたかだった。

私は店を出たときからずっと、なんだかいい匂いを鼻の奥で嗅いでいた。空気が光沢のあるメタルになって、芳香を放っているような。もちろん本当の匂いではないにちがいないので黙っていた。細い白い三日月がやけに明るかった。

Bさんが「あたし昔このへんに勤めてたのよ」と言うので、ついでだから行ってみようということになった。怪しいお金持ちの社長が経営する小さな出版社だったんだけれど、最後はみんな辞めちゃって、あれ今だったらブラック企業っていうんじゃないかしら。Bさんが急に立ち止まり、ここここ、たしかこのあたり、と指さした場所はマンションに建て替わっていて、「そりゃそうよねえ、もう何十年も前だもの」と、神妙な顔つきで基礎のあたりをじっと見つめていた。

ビルの上階にあっていつもすいている公営のプールとか、銀色のつっかえ棒で不安定に支えられた悪の組織みたいな建物などを紹介されながら歩くうち、ふいに見おぼえのある塀に突き当たって、ぎょっとした。私が中・高と六年間通った女子校の裏の塀だった。方向感覚がわからないまま歩いていたので、不意打ちをくらったようだった。呼んでいたのはこれなのか。

古いホテルを改造したようなマンションの中にあるAさんの仕事場は、秘密基地のようで足がうずうずした。本棚に囲まれたコックピットみたいなデスクのあちこちから、Aさんは座ったままお菓子やコーヒーを手品のように出してくれた。縦に細長い部屋の奥一面がカーテンのないガラス窓で、その向こうは黒いつやつやしたメタルの夜だった。鼻の奥でまだいい匂いが

ビルディング啓
町クリニック
5F
う
四谷
Yotsuya
20

続いていた。

　クリスマスの日、四ツ谷駅のホームから地上にあがるとちょうど正午だった。むかし通った同じ道順で、もういちど自分が六年間通ったあの学校まで行ってみようと思った。夏に来たときはクレーンだけだった大学のタワーが、もう半分がた要塞めいた姿をあらわしているのを背に、細い通りに入っていく。ここから先、学校まではだらだらとした一本道だ。きっとそう感じるだろうと予想したほどにには、その通りを記憶より細いとは感じなかった。だが景色はまったく変わっていた。当時のままなのは、通りを入ってすぐの杉玉を吊るした酒屋さんと、卒塔婆が塀からのぞくお寺と、正面の壁に謎の兎レリーフのある家の三つだけだった。あとはマンション、ひたすらマンションだ。そうでないところは更地か建設中だった。でも、そこが前は何だったのかと考えてもまるで思い出せない。行きは遅刻しそうで景色なんか見ていなかったし、帰りは帰りでやっぱり景色どころではなかった。ねえ「美登里」と「三度笠」って似てない？　たったそれだけで腹がよじれるほど笑いころげていた。女子高生の集団を「笑い袋の百鬼夜行」と呼んだのは、あれは中島らもだったっけ。

　信号ひとつ渡ってテレビ局を越えると（そのテレビ局も元のままではなかった。私の記憶の中ではエントランスが広々とした黒大理石で、タクシーがひっきりなしに横付けになり、覆面姿のザ・デストロイヤーがよく角に立っていた。今は白くてのっぺりした豆腐のような建物で、とてもデストロイヤーを召喚できそうになかった）私の通った学校がある。
もうずいぶん前に全面的に校舎を建て替えたのを知っていたし、来たこともあったけれど、こんなに真正面からまじまじ見るのは初めてだった。正面玄関は黄土色の細かなタイル張りで、私がいたころの、セメントを苦心していろいろな形に流し固めたような旧校舎よりずっと洒落ていた。旧校舎は、戦争で全焼してしまったのをやっとの思いで建て直したら、次の年に不審火でまた焼けてしまって、再度建て直したものだった。鐘のない鐘楼があったり（狂女が住んでいると生徒たちから信じられていた）、廊下の突き当たりに用途のわからない謎の小部屋があったり、五段くらいの使い途《みち》のない階段があったりしたのは、がっかりしながら慌てて辿ったせいなのかもしれなかった。

　玄関扉の奥で人影が動いて、警備員がこちらをじっと見ていた。私はまた歩きだし、学校の横にまわりこんだ。中が覗けないように高くめぐらせた塀の向こうから、硬式テニスのボールの音と「〇〇でーす」「〇〇でーす」の声が聞こえてきた。〇〇の部分が、どうしても聞き取れなかった。後輩かもしれない子たちが、塀沿いをぽてぽて歩いていく。ダッフルコート、モッズコート、モッズコート、ダッフルコート。

　塀に沿って折れて、校庭の真裏に出た。このあいだの夜、ふいに出くわしたあの場所だ。向かいのマンションの、肝心の樹が切り倒されて切株だけになった植え込みの縁《ふち》に腰をおろした。スズメの群れがざっと道路に舞い降りて、またざっと飛び立つ。空が馬鹿みたいに青かった。

私は目をぎゅっとつぶって、さっき見た新しいタイル張りの校舎の映像を、記憶の中のコンクリ流し固めの旧校舎の映像で上書きした。大学四年間の記憶はかき集めても三日分ぐらいしかないが、中学高校の思い出はあふれるくらいふんだんにあった。歳をとるとともに思い出は薄らぎ、きれぎれになり、でもぜんぜん平気だった。私があそこで過ごした日々の記憶は、旧校舎の壁や小部屋や教室や床に吸われて、いつまでも保存されているような気がしていた。でも外付けの記憶装置だった旧校舎がなくなってしまったら、その思い出はどうなってしまうのだろう。私がもっと歳をとってすべての記憶が失われてしまったら、それでも私は本当にそこにいたことになるんだろうか。キーンコーン、キンコンキンコン、コーンコーンコーン、というチャイムの音がした。私のころは、カン、カカカーン、カンカンコンキンコンカンで、でももうそんなことを言ってもはじまらなかった。

見渡す道路は定規で引いたようにまっすぐで、左右の景色はパース図のように正しく遠近法に基づいていた。建物に寄り添うように、歳とった姿のいいソテツが立っている。あらためて見れば、ここはとても古びた大人の町だった。いま立っている地層の下に、古い時代の層がいくつも隠れていそうだった。私は六年間毎日ここに来て、でも駅と学校の往復だけで、学校の中ではただの笑い袋で、この町のことを何も知らなかったんだなと思った。私の知っている子供目線の麴町と、大人の麴町とは、うちわの両面に描いてある金魚鉢と金魚みたいに、重なっているのに交わっていなかった。このあいだの夜、学校の裏塀に急に出会ってあんなにどきっとしたのは、子供世界と大人世界が自分の中で衝突したからなのかもしれなかった。あのバタルのいい匂いは、今日はしなかった。

また立って歩きだした。学校に背を向けて坂を下っていくと、そこだけ湿気の濃い鬱蒼とした一角があった。私でも名前を聞いたことのある有名なビンテージ・マンションだった。しきに取り壊されて三井不動産のマンションが建つと看板に書いてあった。その隣に冗談みたいなすごいお屋敷があった。黄土色の土壁がどこまでも続いて、黒っぽい木々の奥のどこに家屋があるとも知れなかった。きっと相続税が大変だろうなと余計な心配をした。老人の顔に白い布がかけられ、掛け軸の前に並んだ親族の前で遺言状が読みあげられる。原作はたぶん松本清張。老人の役は平幹二朗。

坂の下の自然食品の店から、そっくり同じベビーカーを押した若い母親が四人出てきて、じゃあね、はーい、またね、と言いあって散っていった。この四人は仲良しに見えるけれど、じつは住んでいる番地や出身校で厳密な上下関係ができているのではないかとまた余計な心配をした。歩きながらどんどん下世話になる。億ションの上のほうから子供の歓声が降ってきた。ベランダで何かして遊んでいるらしい。億の声。億チルドレン。「大人って最っ低！」セーラー服を着た昔の私が脳内で地団駄を踏んだ。カラスがかあ、と人そっくりの声で鳴いた。

番町小学校の前を通って四ツ谷駅のほうに抜け、土手に上がった。夏に大学に行った時に上がった土手と、駅をはさんでこの土手はつながっている。昔、下校途中にここのベンチに座っておしゃべりをしていたら、よその女子校の修道女に「あなたたち！　このような場所にいてはいけません！　立ち止まることも禁止です！」とものすごく叱られたことがあった。その学校は私の学校とはちがってとても厳格で、カップルの名所だった土手は汚《けが》れた場所と考えられているらしかった。土手に立って振り返ると、件《くだん》の女子校があった。ここもすっかり建て替わって、レンガ造りの蟻塚のようなビルの上に巨大な十字架が掲げられていて、鉄の処女感がさらにアップしていた。

土手を走って下りてコンビニでビールとするめを買い、また戻ってきた。冬の日はもう傾きかけていた。校舎といっしょに消えてしまった私の記憶、鉄の処女たちの記憶、デストロイヤー、松本清張、その他いろんな今はもうないものに心の中で乾杯して、ビールを飲んだ。うまかった。「もうやだ私！　こんな大人になるぐらいなら、死にます」と言って、セーラー服の私が台に乗って首に縄をかけた。でもよく見るとセーラー服のデザインが違っていたし、セリフはすべて岡崎京子の漫画からの引用だった。ホログラムの偽の私なのだった。「綿半野原《わたはんのはら》ビル」が遠くに見えた。昔は見るたびに笑い転げていた。綿半だって！　野原だって！　ビールを飲みするめをかじる私の後ろを、後輩かもしれないモッズコートやダッフルコートの一団が通り過ぎた。私のことなど目にも入っていないようだった。

ＹＲＰ野比

ＹＲＰ野比のことは、いずれはっきりさせねばなるまいと思っていた。

ＹＲＰ野比の存在を知ったのは数年前、東京から三崎に向かう京急線に乗ったときだった。電車が停まって、ふと窓の外を見たら、駅名表示板にそう書いてあった。えっ何それどういう意味、と思っているうちに電車は発車してしまった。帰りの京急線の中からも確かめた。やはりＹＲＰ野比だ。

一度見たら忘れられない文字列だ。〈ＹＲＰ〉部分の無機質さと、〈野比〉のこの上ないのどかさ。真逆の二つが無理やりドッキングさせられて、継ぎ目が不整合でギシギシ鳴っている。

ここはいったいどういう土地なのだろう。

その後も毎年一度は三崎に行くようになり、そのたびに行きと帰りの二度ずつ〈ＹＲＰ野比〉の文字を目にしたが、通り過ぎるだけで一度も降りることはなかった。

ある年、とある雑誌で連載をすることになった。一度も行ったことのない場所について想像だけで書くというものだった。そして一回掲載されるごとにその場所に連れていってもらう、という編集部との約束だった。私は勇んでいろいろな場所について書いた。回転寿司屋（寿司が超高速で回っていて肉眼で見えない）、お台場（あの銀の球が転がり落ちて人々を潰す）、ブータン（快獣ブースカが統治する）等々。

何回めかにＹＲＰ野比についても書いた。一見なんの変哲もない田園地帯。だが夜になり、京急の終電が走り去ったあと、不気味なサイレンとともに山の頂《いただき》が二つに割れ、中から巨大な銀色のドーム状のＹＲＰが姿をあらわす。ドームから銀色の小さい人がわらわらと出てきて山を下り、そこに背中のジッパーを下ろして人間の着ぐるみを脱いだ住民たちも合流して、夜な夜な近隣の街をひそかに侵略していく。そして気がつくとあなたの街もいつの間にか〈ＹＲＰ町田〉とか〈ＹＲＰ吉祥寺〉に変わっているのだ。そんなようなことを書いた。

だがけっきょく掲載後もＹＲＰ野比には連れていってもらえなかった。約束が果たされず理由も説明されないまま、雑誌は消えてなくなった。

そのおかげでＹＲＰ野比への憧れと興味はますますつのった。〈ＹＲＰ〉が何を意味するの

KEIKYU
わいあーるぴーのび
KK 68
YRP野比
YRP Nobi YRP野比 YRP노비
京急久里浜
Keikyū Kurihama
KK 69
京急長沢
Keikyū Nagasawa
ご注意
線路内に転落する事故や電車に

か、ネットで検索することを自分に禁じていたので、私の想像の中でＹＲＰ野比は思うさま膨れあがっていった。このままいくと、手がつけられないくらい巨大化したＹＲＰ野比は私の頭を突き破り、本当に近隣の市街を侵攻しはじめかねなかった。

連休明けの京急線下りは、すいていた。車両が新しいのか、シートが異様にふかふかで、何度もうつらうつらしては、はっと目を覚ました。何度目を覚ましても、目的地はまだずっと先だった。横浜から数えて二十五駅めだった。全身モノトーンの幾何学模様の、草間彌生そっくりの人が斜め向かいに座って、一心不乱にメールを打っていた。この人はＹＲＰに行きそうだと思っていたが、屏風浦《びょうぶがうら》で降りてしまった。先のほうがピンク色のグラデーションになった、さらさらの金髪のきれいな男の人がどこかから乗ってきた。この人はきっとＹＲＰに行くだろうと思ったが、安針塚《あんじんづか》で降りてしまった。

窓の外は小さい丘と住宅と田畑の連続で、緑、灰色、白、緑、白、灰色が縞になって過ぎる。どの丘も頂上に歯のように家が生えていた。空はのっぺりとした白一色で、英語でオーバーキャストというのはこういう空を言うのだろうか、でもなんだかぴんとこない単語だな、と、この色の空を見るたびにいつも考えることをまた考えた。

ＹＲＰ野比には午《ひる》すぎに着いた。特に変わったところのない駅だった。駅名表示板とは別に、柱に縦長に〈わいあーるぴーのび〉と書いてあった。三々五々改札に向かう人たちに、これといって統一感はなかった。老夫婦、中高生、なんだかよくわからないラフな恰好の男女。この人たちの何人かはYRPと、あるいはYかRかPのどれかと、すくなくとも野比と、何らかの関わりがあるにちがいないのだ。全員が人間の着ぐるみをかぶった銀色の人という可能性も、まだ捨てきれなかった。

改札を出ると、バスのロータリーがあった。ロータリーに面した東急ストア、数軒の店、目の前に迫る緑色の丘、それが駅前のほぼすべてだった。スイカズラがむんと香った。

東急ストアに入ってみた。閑散とした売場に、一人か二人連れのおばさんが何組かいて、魚のパックをしみじみ見たり、立ち話をしたりしていた。この人たちもYRPの何かなのだろうか、とちらちら様子を窺ったが、よくわからなかった。二人組のおばさんは、必ず一人がずんぐりとして、一人がひょろっとしていた。

私は地味に焦りを感じていた。私の中で何年もかけて膨れあがった銀色メタルのYRP野比が、目の前の風景とのあいだで拒絶反応を起こしかけていた。バス乗り場の案内板を見たら、行き先の一つに「光の丘」とあった。これだ。なんだか未来っぽい。私の求めるYRP野比は、きっとここにある気がする。私の銀色のドームが。

バスはぐんぐん坂道を登り、ほんの五、六個めの停留所がもう終点だった。乗ったのも降りたのも私ひとりだった。

広い道路の、バス停のある側はどこまでも続く野原と畑と丘。反対側には巨大な真四角なビルが、等間隔に建っていた。人の姿はない。スイカズラの匂いが一段と強かった。空の高いところで、姿の見えないトンビの声がした。

とりあえず道の反対側に渡ってみた。きれいに刈りこまれた植え込みが斜面を覆い、その向こう、一段高くなったところにビルは建っていた。上のほうに企業のロゴが書いてある。ｄｏｃｏｍｏ。ＫＤＤＩ。ＮＴＴ。テレコム。道路にはゴミひとつなく、ビルのガラスはぴかぴかに磨かれて、ＣＧで描かれた景色の中にいるようだった。その中をうろつく私はプログラム上のバグだった。

ためしにビルの一つの入口まで行ってみた。謎のオブジェが誰にも見られずぽつんとあった。何の形だろうと考えていると、ガラス張りのエントランスの向こうを警備員がこちらに近づいてくるのが見えた。歩道に下りて、また道路を野原のほうに渡った。

この場所にいて、私にできることはもう何もなかった。あらためて景色を見まわした。道路を境に、向こう側がＹＲＰ、こちら側が野比だった。目の先を、黒いリスが一匹、野原のほうから飛び出して道路を横切り、反対側の植え込みに消えた。私よりもリスのほうがよほどＹＲＰ側に用事があるらしかった。

雨がぽつぽつ落ちてきた。傘を持ってきていなかった。野原のところどころに咲いている名前のわからないピンク色の花が、急に冴え返るようだった。それから、タンポポの黄色。

歩道を無目的に歩きながら、ＹＲＰの意味を考えた。Ｙｏｕ　Ｒ　Ｐｏｗｅｒｌｅｓｓ。オマエハ無力。立ち止まって、Ｗｉｋｉを検索した。ヨコスカ・リサーチ・パーク。通信に関わる企業の研究所が集まっている場所らしかった。こんなだだっぴろい空間の真ん中でグーグル検索をしている自分は変だった。

向こうのほうから、人が歩道をこちらに向かってまっすぐ歩いてきた。蜃気楼ではなかった。制服らしいグレーのスーツを着て髪をきちんとまとめ、首からスタッフ証を下げた女の人だった。みぞおちのあたりで両手を組み、誰にともなくにこやかに笑みを浮かべていた。すれ違いざま私に軽く会釈をした。その瞬間、空間が巨大なケータイショップに変わった。

雨がやむ気配はなかった。もう帰ろうと思った。バス停に向かって歩いていると、横に黒いミニバンが来て停まり、運転席のおじさんが、体育館の場所を訊ねた。「わかりません」と私は答えた。「何もわかりません」

ＹＲＰ野比の駅まで戻ったら雨が小やみになっていたので、十分ほど歩いて海岸に出た。風化しかかったおしゃれカフェのような店があって、中は居抜きでインド料理屋になっていた。隣のテーブルではお婆さんが七、八人で女子会を開いていて、愛想のいいインド人店主をしきりにからかっていた。「この人お嫁ちゃんもらったばっかりで幸せいっぱいなのよー」「あらーほんと、幸せがお腹のお肉になっちゃってるわー」

海は凪《な》いで灰色で、遠くのほうで空と混ざり合っていた。私はビールを飲みながら、京急のふかふかのシートのことを思った。

鋸南《きょなん》

平日の環状八号線はすいていて、どこもかしこもクロームでぎらぎらしていた。台風が去ったあとの空は青く、澄んだ空気ごしにきつい太陽の光がじかに射してくる。でもその光には、何かもう気が済んだというような、さばさばした感じがあった。やはり夏はもう終わってしまったのだろうか。

どの季節より夏が好きだ。一年のほかの季節はひたすら夏の到来を待ち、いざ本当に夏が来たら、楽しむよりも焦るばかりでけっきょく夏らしいことは何もしないまま、気づくと夏は行ってしまっている。夏は若い肉体のためのものだから、一歳でも若いほうがいい。だから次の夏はよけいに焦る。気づくとまた夏は終わっている。その繰り返しで、後にはただ、何かをやり残した気分だけが残る。

夏には毎年人格がある。今年の夏は大人物だった。大量のセミと台風を引き連れて、さくっと最高気温三十七度の新記録を叩き出す、華やかな暴れん坊だった。今年こそ、せめて終わりをきっちり見送りたい。

でもいったいどうやればいいのか。理想は、何年か前に訳した絵本の中の一枚の絵だった。夕暮れ空を背景に、垂直に切り立った高い壁にかけた梯子《はしご》を幼い兄弟が登っていく。二人は夏の最後の一日をそこで見送ろうとしているのだ。でもそんな切り立った場所は知らない。ビルの屋上では風情がない。

となると海か。夏が公式に終わる八月最後の日に海に行き、夕日が沈むのを見届ける。儀式として悪くない気がした。思いつくのは、ときどき行く千葉の海だ。なんの特徴もない海岸だが、半年に一度くらい、春とか冬に、煮詰まるとそこに行って、ぼんやり数時間過ごす。途中、海ほたるでイカの塩辛を買う。

午《ひる》ごろ出発して環八を抜け、あやとりみたいな形の白い大師橋を渡った。薄青い空がどこまでも広い。こんな暑さの中でも浮島の工場群は勤勉に稼働していて、薄墨色の煙を空に溶かしこんでいる。花王。ゼネラル石油。東燃。日本ブチル。こういう人工的な場所に植わっている街路樹が、必ず獰猛なくらいに緑が濃いのは、どうしてなのだろう。

東京湾を突っ切るアクアラインに潜り、中間地点にある海ほたるに出た。目当てのイカの塩辛はラインナップが変わってしまって、いつも買っていた銘柄がなくなっていた。気落ちしてベンチに座っていると、甲高い録音の声で「好きな数字をぼくに教えてね！」と声がした。振り向くと、ゲームコーナーの入口に「ペッパー」がいた。私はこのロボットがなぜだか無性に怖い。ペッパーは、話しかけていたカップルが途中でいなくなってしまった後も、「ふうん、そうなんだあ」「この数字が好きな人は、こんな性格なんだよ！」と宙に向かって言っていたが、しばらく黙ったあと、「終了します」と言って動かなくなった。

最上階のデッキに出てみた。風が強い。ぼんやりかすんだ沖合に自衛艦のシルエットが見えた。そうか、こないだゴジラが来たばかりだからな、とふつうに思ってから、混乱に気がついた。目を落とすと、その混乱を後押しするように、ステージ状に海に突き出した広々としたデッキの床にゴジラの実物大の足跡が描いてあった。さしわたし三十メートルほどあるだろうか。上を歩きまわる人影がひどく小さい。大学生くらいの髪の長い女の子が片方の足跡の上に立ち、片手でピースをしながらもう片方の腕をいっぱいに伸ばして背景に足跡を収めようとしている。うまくいかないらしく、何度も笑いながら首をかしげてピースサインをしなおしている。

足跡の向こうは、見渡すかぎり何もない海だ。遠くにぽつんと風の塔と呼ばれる竹の子の形の建造物が海面から突き出している。ゴジラはこの風の塔のあたりで浮上し、陸を目指した。気持ちがわかる気がした。たぶん寂しかったのだ。

ふたたびアクアラインを走って館山道に入る。名もない山林の緑の中を、道はひたすらまっすぐ続いている。ブロッコリーみたいな山。竹やぶ。古墳型の盛り上がり。その中腹にめりこんで建つ家。ときおり緑の中にまっすぐな杉の幹がすっすっと伸びて、そこだけ虫かごのように見える。鋸南のあたりで前方に屏風を立てたように垂直にそびえる岩山が見えたとき、あっと思った。絵本の中の、あの切り立った壁にそっくりじゃないか。あの上で、夏を見送れるのではないか。

調べると、崖は日本寺というお寺の敷地内にあるらしかった。脇道に逸れ、不安になるくらい細い道を上がってしばらく行くと、薄暗い山門に着いた。錆びついた大きな境内の見取り図によると、寺は途方もなく広いらしかった。崖に直接彫りつけた異様に大きい大仏。千五百羅漢。滝。なぜか神社。「あせかき不動」「お願い地蔵」が何なのかはわからない。私が行きたい崖は「地獄のぞき」という名前がついていて、山門からいちばん遠い端にあった。そこまでいかにも急そうな細い階段が続いている。人形の家のような小屋の中に座っているおじさんに訊くと、山門からはずっと登り道で三十分かかるという。たどり着ける気がしなかった。私の顔に浮かんだ絶望の表情を見て、おじさんは有料道路を通ればもっと近くまで車で行けると教えてくれた。「通行料が千円かかるよ」と二度言われた。

来た道を国道まで引き返して、教えられた有料登山道を登っていった。カーナビに表示される道があまりに冗談みたいにぐねぐね曲がりくねっているので、怖いのに大声で笑った。ほかに車の姿はなかった。景色が急にベージュの砂岩と濃い緑とソテツだらけになり、日本というより『西遊記』の風景だった。だだっ広い砂利の駐車場に車を乗り捨て、黒っぽい木立の中を上がっていくと、そこにも小屋があり、拝観料六百円を払った。

胸を突くような細い石段をひたすら登った。左右から青黒い木立が覆いかぶさり、セミしぐれで耳がどうにかなりそうだ。この山の中ではまだ夏が終わっていないと思うと心強かった。腰にチェックのシャツを巻いてサンダルのヒールをぐらぐらさせた女の子が、「こんなの聞いていない」と怒りながら男の子につかまって上がっていく。中学生の四、五人の男女は、強がりのように笑いながら小走りに横を追い抜いていく。とちゅう木立が途切れると、びっくりするほど下のほうに湾が見えた。

膝も顎もがくがくになって少し平らになったところに出ると、いったいどうやって登って来たのか、高齢の人たちがちらほらいた。「地獄のぞき」がそこから見えた。もろそうな砂岩の崖の鼻が、ハングオーバーになって宙に突き出している。急に自分が高いところが好きでないことを思い出した。砂岩が浸食されてつるつるになった階段を、最後は手を使って這うように進んだ。崖はいったん登ってから、その先がかくんと急な下りになって、幅五十センチほどの突端を囲うように、頼りなげな金属の手すりがついている。柵を握りしめて下を覗いた。無理無理無理無理という自分の声が頭の中にこだました。落ちたら死ぬ。スマホを落としたら死ぬ。サンダルが脱げたら死ぬ。柵がはずれたら死ぬ。崖の鼻が崩れて死ぬ。この標高だけで死ぬ。

ここはあの絵本の中の場所ではない。

国道の途中のコンビニで唐揚げとおにぎりを買い、海辺に着いたのは四時半だった。台風が去ったあとの浜はいつにも増して人けがなく、いろいろなものが打ち上げられていた。たくさんの木切れ。フジツボがこびりついた大きな浮き。丸太。直径二センチほどの、白くて薄べったい、タコの吸盤を削いで並べたような謎のものが砂地に無数に散り敷いている。

日没まではまだずいぶん間があった。日はちょうど正面に沈むはずだった。持ってきた椅子に座り、海に向かって唐揚げとおにぎりを食べた。今まで何度となくここに来て、同じ場所で同じ椅子に座ってきた。それを全部重ね合わせれば、ちらちらと移動しながら少しずつ歳をとっていく私が見られるだろうか。

することがないので、波を観察することにした。岸から五メートルぐらいのところで海面に皺が一本生まれ、日に透けて薄緑の羊羹の色に立ちあがり、崩れて白いレース状の泡になる。かと思うと、次の波は崩れずに穏やかに扇形に砂の上に広がる。一つとして同じ波がなく、でも何十回かに一度、ひときわ大きな波が生まれて、砕けて足元近くまで白い泡が来る。

ふいに波の音が静かになって風が涼しくなった。顔を上げると、太陽は水平線よりずっと上のほうで雲の中に消えかかるところだった。見ているうちに逆三角形にすぼまり、三十秒ほどで消えてしまった。浜の濡れたところが帯状につやつや光った。

畳んだ椅子を抱えて道路まで歩いていくと、入れ違いに海水パンツ一丁の痩せた男の人が一人で海に向かっていった。振り返ると、内股で海の中に入っていき、腰のあたりで寒そうに立ち止まるのがシルエットで見えた。

帰りにもう一度海ほたるに寄って、違う銘柄の塩辛を買おうと思った。ペッパーに、好きな数字を教えてもいいかもしれない。

丹波篠山

いがぐり頭の十歳くらいの男の子が外から走って帰ってきて、井戸端に直行する。たらいの中にキュウリが何本か冷やしてあり、一本つかんでポリポリうまそうにかじる。それが彼のおやつだ。日焼けしてランニング姿で、外では蟬《せみ》が鳴いている。

というとても鮮明な記憶が私にはあって、頭の中で何度も繰り返し再生される。わかっているのはこの子供が私の父だということで、だからどう考えても理屈に合わないのに、最近ますますくっきり、ますます頻繁に思い出す。

記憶の中のこの場所は、たぶん父が生まれ育った丹波篠山の家だ。私も子供のころに連れられて何度も行った。行くのはたいてい夏休みで、一週間ほど滞在した。

家は茅葺《かやぶ》き屋根で、古かった。表玄関から入ると土間があり、下駄を脱いで左側に上がると茶の間や座敷や仏間、右側は土間がそのまま広くなって、竈《かまど》のある台所になっていた。土間をさらに進んで裏に抜けると土蔵と井戸があり、その向こうには木がいくつか植わった先に祖母の小さな畑、その向こうに小川、そのさらに向こうは一面の田んぼ、そしていちばん向こうは山の連なりだった。

小学校三年の私には丹波の何もかもが衝撃だった。帰るのがいやで泣いた。世田谷の社宅に帰ってからも毎日泣き、宝物のイチゴ柄ノートに丹波を懐かしむ感傷的な詩めいたものを書いた。４Ｈのシャープペンシルで何度も消して書き直したので、薄ピンク色の紙がぼそぼそになった。

風呂は五右衛門風呂だった。石でできた筒状の湯船の中に丸い木の蓋が浮いていて、それを足で沈めて入る。手洗いは家の外にあって、夜一人で行くのは怖くて、従姉の誰かについてきてもらった。トイレは汲み取り式で、下を向くと白い手が出てきそうで怖く、上を向くと天井の隅に顔が浮かんでいそうでそれも怖く、目をつぶって急いでして、走って出た。

生まれて初めて天の川を見たのは、たぶんその時だ。空がびっしり星で埋め尽くされて、背中がぞわぞわした。きれいよりも不気味が先に立った。地球が宇宙とじかに接していることがわかってしまって恐ろしかった。

表玄関から舗装されていない通りに出る。通り沿いの家々も茅葺きで、どの家もみんな「岸本」だった。家の斜め向かいに今は使っていない倉庫のような建物があって、そこはむかし父の家が醬油の醸造業をしていたころの名残だった。中はがらんとして、人の背丈より直径の大きい木の桶が一つ二つ転がっていた。麴《こうじ》と埃のいり混じった匂いがした。

昔から父は何にでも醬油をかけた。干物にも漬物にもかけた。医者に減塩のことを言われると、決まって「なにしろ醬油屋の息子ですのでね」と答えた。

家の向かいに、無人の神社があった。崩れかけた石段を上がっていくと、木立に囲まれた小高い空き地のような場所があり、木肌のすっかり枯れたお神楽の舞台があった。奥の天井近くに木の額がかけてあったが、かすれてしまって何が描かれているのかわからなかった。石灯籠はうろこ状の白緑色の苔で覆われていた。蟬の声が耳元でシャワシャワ泡のようにやかましかった。
神社の隣には小さな池があった。アメンボがたくさんいて、どんなに頑張っても虫とり網では絶対に捕れなかった。そのかわりザリガニはいくらでもつかまった。一度とびきり大きいのをバケツに井戸水を張って入れておいたら、次に見たときびっしり子供を産んでいた。卵ではなく、小さい赤いザリガニの仔だった。

丹波の家には祖母と、伯父一家が住んでいた。いとこは四人姉妹だった。伯父さんは父より十歳上で、眼鏡をはずした父の顔をしていた。寅年生まれで名前は虎之助。いちばん上の従姉は、小学校で成績表をもらうときいつも父親の名前で呼ばれるので、すごく恥ずかしかった。

九〇年代、役所勤めを終えた虎之助伯父さんは郷土詩人になって詩集を二冊出した。〈私の腹の中には新月を食べる驢馬《ろば》が棲息している〉これは「旅愁」という詩の出だしだ。〈女の胸で　ねこやなぎが膨らみ　男の胸では　雪解けが始まる〉これは「早春」という詩の冒頭。でもいちばん前衛的なのは「腸の検査」という詩で、〈〇月〇日　国立篠山病院に入院〉から始まって〈PM1・00　退院〉まで、何時何分に水を飲み、下剤を飲み、浣腸をし、レントゲンを撮ったかが、全十五行にわたって淡々と書き連ねてある。

祖母は小さくて皺くちゃで働き者だった。庭の小さい畑でいろいろなものを少しずつ作っていた。よくトウモロコシをもぐのについていった。畑の終わるあたりに、またいで越えられるほどの川があり、祖母はそこで野菜を冷やしたりお碗《わん》を洗ったりしていた。川べりに絵本で見たとおりのガマの穂が生えていた。揉《も》んで指を嗅ぐとハッカの匂いがするハッカ草。地面を掘ると出てくるオケラ。川の向こうは一面田んぼで、アオサギが首を伸ばして立っていた。「アオサギは臭いんやで」と教えてくれたのは、たしかいちばん下の従姉だった。

従姉たちは私をいろいろなところに連れていってくれた。川で泳ぎ、中学校のプールで泳いだ。川で泳いだ帰り、草むらに猫の死骸があってあばら骨が見えていた。生まれて初めて見る死体だった。薄桃色の小さい可愛い花をつける蔓植物が繁茂していて、でもそれは「ヘクソカズラ」という草でけっしして触ってはならなかった。夕方、プールの向こうにものすごく大きな二重の虹が出ていた。

小高い山の上にのぼってお弁当を広げたら、遠くからデカンショ節が聞こえてきた。夜のデカンショ祭に向けて、昼間から町のあちこちで拡声器で流しているのだ。

デカンショ祭は、篠山城跡の広場に大きな櫓《やぐら》を組んでやる巨大な盆踊りだった。私は興奮して輪の中に飛びこみ、がむしゃらに何周もした。従姉たちは控えめに輪に入り、ひらり、ひらりときれいな手つきで踊った。

中二の夏、私はもう輪に入って踊らなかった。自意識をこじらせて、なぜか屋台でモモレンジャーのお面を買った。今も実家の押入れのどこかにある。

四人の従姉は私より五歳から十歳年上で、仕草や土地言葉のリズムや服や好きなものや、何もかもが大人っぽくて憧れた。

ある日従姉たちが土蔵の中にいたら、凄まじい夕立が来て母屋に戻れなくなった。私が大きなビニールシートをかぶって土蔵まで走り、みんなでそれをかぶって一列になって戻った。「あったまいいい！」と褒められて嬉しかった。

家の表玄関から入ってすぐ右の、通りに面した場所に、そこだけ床が板張りで大きな窓ガラスを嵌《は》めこんだ部屋があった。元は事務所だったのかもしれない。部屋の一角にさらにガラスで仕切った電話ボックスほどの謎の空間があって、中に入って向かい合わせのベンチに座ると、列車に乗っている気分になって面白かった。

ある晩、その部屋に誰かが押し入った。外に通じる引き戸が半分開いていて、机の上に新聞紙の包みが載っていた。中にはいちばん上の従姉が学校でもらったメダルや賞状が入っていて、「ごめんなさい」と達筆のメモが添えられていた。以前に盗まれたものだった。床の上に点々と泥の足跡が残っていた。今も「夏の夜のミステリー」という言葉を聞くと、あの夜を思い出す。

去年の五月、伯母さんの葬式で数十年ぶりに丹波に行った。伯父さん亡きあともばりばりに元気で、九十三歳まで生きた。四人の従姉はみんな結婚して、子、孫、曾孫入り乱れた賑やかな葬式だった。斎場から東京にとんぼ返りしたので、あの丹波の家を見ることはできなかった。井戸は、まだあるだろうか。

父が子供のころ井戸水で冷やしたキュウリが好きだったか、確かめる機会を私は失った。昔の丹波の写真を見せても、今の父はただ不思議そうに眺めるだけだ。ときどき私と妹をまちがえる。私の名前を忘れる。

この世に生きたすべての人の、言語化も記録もされない、本人すら忘れてしまっているような些細な記憶。そういうものが、その人の退場とともに失われてしまうということが、私には苦しくて仕方がない。どこかの誰かがさっき食べたフライドポテトが美味しかったことか、道端で見た花をきれいだと思ったことも、ぜんぶ宇宙のどこかに保存されていてほしい。

田んぼの中を突っ切って、一両だけのディーゼル列車が一時間に一本だけ走る。「百円もうけるのに八百円かかる」と伯父と父が笑って話す、赤字路線だ。帰りの列車の中で、「もうすぐだよ」と言われて窓から外を見た。いちばん下の従姉が、ちょうど私たちが通る時刻に合わせて見送ってくれるという。一面緑の田んぼの中に自転車を停めて手を振っている姿が一瞬だけ見えて、すぐにまた緑に呑まれた。

初台

電車を降りてホームから地上に出るあいだだけで、すでに何かがちがっていた。以前は床も壁も煤けた灰色で湿っぽく、蛍光灯も暗かった。磨きこまれたタイル張りの階段を上がっていって通りに出た瞬間、「なんだ、そんなに変わってないな」という気持ちと「知らない町みたいだ」という気持ちが同時にわきあがって、混乱した。

まず駅出口の向かいから始まっている遊歩道に入った。マンションや住宅がひしめく中を突っ切って、両側に大きな木が並ぶ細長い公園がずっと先まで続いている。ずいぶん印象が明るい。木々の枝が、ある高さから上をばっさり切り落とされていた。記憶の中のこの遊歩道は、幹も葉も黒々とした大木にさえぎられてほとんど陽が射さず、昼でも森みたいに陰鬱だった。

砂場の縁《ふち》のようなコンクリートの台に、黒い背広を着た老人がぼんやり腰掛けていた。少し距離をおいて隣に腰をおろした。前は茶色だったベンチが真っ青に塗りなおされていた。ちょうど真ん中に取りつけられた仕切り板も青く塗られていた。見まわすと、すべてのベンチ、ベンチだけでなく人が寝ころがれそうな長さと幅のあるすべての人工物の中央あたりに、同じような仕切りが執念深く取りつけられていた。

からりとした晴天で、どこかで名前のわからない鳥がチュチュチュチュチュチュチュチュチュと途切れ目なしに鳴いていた。息継ぎはどうしているんだろうか。枝の高いところに白い猫がいた。近づいて見るとコンビニの袋だった。平日昼下がりの、のどかな公園風景だった。それなのに落ちつかないのは、たぶんここからは見えないがすぐ裏手にある甲州街道のせいだった。途切れることのないシュンシュン、サーサーという車の潮騒に時おりゴトン、という衝撃音と地響きが混ざり、それが聴覚と神経をたえず圧迫しつづける。ためしに耳をふさいで景色だけ見てみたが、音は頭の中で鳴りつづけていた。

遊歩道をさらに進むと、途中から木の枝が払われず地面も舗装されず、急に荒れた、鬱蒼とした感じになった。土がむき出しの地面に、黒っぽい鳩が三十羽ほど群れていた。群れの真ん中を突っ切っても、飛び立つ者はいない。中の一羽を追いかけていくと、あと数センチというところで大儀そうに飛び上がり、私の頭の周りをすれすれにかすめて飛んで、五十センチほど先に着地した。視線を感じて顔を上げると、ごましお頭のジャージ上下の老人が鋭い目でこちらを見ていた。この人が鳩に餌をやったのかもしれない。

甲州街道に出ると、車の潮騒が一段と高くなった。しばらく歩いて目指す建物の前に出た。たぶん東京で建っているマンションの中でいちばん古い部類だろう。黒ずんだ外壁も、暗いエントランスも、びっくりするほど昔のままだった。誰かに見とがめられたら何と言おう。「二十年前、何年間かここに住んでいたんです」だろうか。それで何かの説明になるだろうか。さいわい管理人室が無人だったので、そのまま階段を上がって自分の住んでいた階に出た。静まりかえって、人の気配がまったくしなかった。当時、私の部屋の左隣の部屋はチェーンのジーンズショップの表札が出ていたが、明らかに無人だったし人の出入りも一度も見なかったので、私はだんだん死体が置いてあるのではないかと疑いだした。右隣は空き室だったが途中で何かの個人事務所が入居し、大量のゴキブリを発生させてフロア全体をゴキブリの巣窟に変えたあげく、バタバタとどこかに越していった。どちらのドアも、表札は空白になっていた。

自分が住んでいた部屋の前に立った。鉄製のドアの灰色の塗装がまだらに剝げ落ちていた。細い覗き窓は、内側からブルーのビニールテープのようなものが貼られていて、ここもどうやら空き室らしかった。三十五歳から五年間、このドアの向こうに住んでいた。その五年のあいだに、心身の調子がどんどん悪くなっていった。突然泣いたり怒ったりした。つねに頭痛と動悸がして、歩くと目眩《めまい》がした。正体不明の焦燥感にじっとしていられず、立ったり座ったり歩きまわったりした。頭の中に危険な考えが渦巻き、公園のハトの殺害方法を三十通り考えたり、駅前に停めてある自転車をドミノのように蹴倒す衝動に駆られたり、意地の悪い店主のいる書店の棚の『こち亀』の順番をでたらめに並び替える計画を立てたりした。最後のは本当にやった。

ある夜、酔っぱらって帰ってきて、エントランス前の植え込みにおそらく住民の誰かが植えたのであろう朝顔の、つるが長く伸びてもう少しでつぼみがつきそうになっていた苗を、かっとなってすべて引っこ抜いた。夜中に目が覚めて、自分のやったことに気づいてぞっとした。降りていって全部植えなおしたが、もう手遅れだった。これが決定打だった。植物が好きで、草花なら雑草でも愛していたはずの自分だった。これ以上この町にいたら本当にまずいと思った。ここでなければどこでもいい。すぐにべつの町に引っ越した。

灰色のドアを見ているうちに、この向こうにまだあの時の自分が住んでいるような気がしてきた。いまこのブザーを鳴らしたらどうなるだろう。あのころの朝顔殺しのままの自分が、二十年ぶんの動悸と頭痛と焦燥に漬けこまれてミイラのようになって、ドアを開けるだろうか。ためしにブザーに指を置いてみた。心臓が鳴る。すんでのところで引っこめた。

建物を出て、のしのし歩道をあるいた。空を仰ぐと、中空をカーブを描きながら走る首都高の弧の向こうにオペラシティやNTTやパークタワーのビル群が見えて、子供のころイラストで見た未来都市のようだった。考えた。なぜ私はこの町で楽しく暮らせなかったんだろう。たくさんの記憶が、だらだらと脈絡なく噴きこぼれた。越してきた翌日、近所のコンビニで買った十個入りの卵が一つ残らず双子の黄身で、最初はうれしかったけれども次第に薄気味悪くなったこと。小学生の男の子が電信柱の根元を一心に嗅《か》いでいるのを、少し離れたところから母親が無表情に眺めていたこと。公園にテントを張って生活していたホームレスのおじさんが、ある日テントごと焼けてしまったこと。一段高くなったところに鎮座した氷のような目をした医者が、一度も私の顔を見ずに薬を出したこと。毎日、大量の人々が駅から出てくるのに、みんなうつむいて生気がなく、ときどき半分透き通った人や地面から少し浮いている人が交じっていたこと。それともこんな記憶はぜんぶ幻だったのだろうか。

オペラシティに入ってみた。どこもかしこもつるつるぴかぴかで、がらんとして、体温がない感じ。昔のままだった。一階の広すぎるロビーの真ん中に、直立不動の人型の彫像は、まだあった。二十年前のある日、誰かにいたずらされてガムテープでぐるぐる巻きに緊縛されているこの人を見た。次に見たら、緊縛は解かれていたけれど周囲にロープが張りめぐらされ、〈作品に手を触れないでください〉の札が立っていた。久しぶりに見る彼はロープもなく緊縛もされていなかった。おめでとう、人。でも隣にもう一人いたはずの、正座姿の連れがいなくなっていた。撤去されたのだろうか、壊されたのだろうか。せっかく自由になったのに、独りぼっちでかわいそうだ、人。

建物を出て、もう一度だけ振り返った。低い家並みの中にいきなり五十階建てがぬっとそび

えて、まちがいなくこの町のランドマークなのに、周囲の風景とまるでなじんでいない。『ゴジラ2000ミレニアム』という映画の中でゴジラにめちゃくちゃに壊されているときのこのビルが、いちばんチャーミングだった。

甲州街道を渡って、商店街を歩いた。駅前から順に、記憶の中の店を星取表のように数えていく。〈デジタルからアナログへ　わたしたち、時代遅れのたいやき屋です！〉という謎のスローガンを掲げた、老夫婦がやっていた鯛焼き屋は、ラーメン屋に変わっていた。奥で定食屋もやっていた、煮付けが美味しくて壁に鶴太郎の絵がかかっていた魚屋は、シャッターが下りて看板の文字が塗りつぶされていた。チェーンのドラッグストアは、同じ店のまま名前だけべつのチェーンに変わっていた。棚の本を見ていると、おばさんが足元の引き出しを向こう脛に勢いよくぶつけてきた書店は居酒屋に。お公家さんふうの色白の店主のいた荒物屋は百円ショップに。店先に何も置いていない、東京で一番いい肉をお得意様にだけ売っていると噂の肉屋は、古い木造の建物だけ残っていて、ガラス戸に「×」の形にテープが貼られていた。一本道の細長い商店街は、真新しいチェーン店と、古くからの店と、廃業してシャッターを下ろし、そのシャッターもとうに錆びている店とがまだらになっていて、奥に行くにつれてシャッターが増えていった。途中の角に一軒、お婆さんがやっていた印象深い書店があった。表のスタンドの雑誌類こそ新しかったが、店内の本はどれも日に焼けて、新書店なのに古本屋のようだった。表の壁に〈感念物語〉と題された詩のようなものを掲げていた。あるといいなと思っていたその店も、かろうじて建物が残っているだけだった。店の名前も、〈感念物語〉も、表の雑誌スタンドも取り払われて、ガラス戸の内側には白いカーテンが引かれていた。洗いこまれて白く乾いた、店の白骨死体だった。

でも、さすがにもうないだろうと思っていた「初台スーパー百貨店」は、あった。私がいたころからすでに恐ろしく古く、数軒の生鮮食品店がまばらに入っているだけだったそこは、洋品店や手芸品店が新たに入って、むしろ前より密度が上がっていた。

けれどもそこで古い町が力尽きたかのように、「初台スーパー百貨店」から先は、もう私の知らない、真新しい住宅街に変わっていた。

駅に向かって引き返していくと、見おぼえのある店を見つけた。この商店街では珍しく陽気で愛想のよかった青果店のおじさんが、丸っこい姿も声もそのままで、人けのない通りに向かって声を張っていた。はいよーブロッコリー安いよ安いよ、右向いて左向いたらもうなくなっちゃってるよー。わけもなくおじさんに話しかけたくなった。何年も住んだ町なのに、今日はここに来てまだ誰ともひと言も口をきいていなかった。怪しまれないよう、無害で穏やかな、この町で幸せだった元住人の人格を心の中で作ってから、こんにちは、わたし、昔このあたりに住んでいたんですよ、と笑顔で話しかけた。おじさんは、ああー、そう、ごめんね覚えてないよ、このへんもずいぶん変わっちゃったでしょ、と笑って言った。ほんとですよね、あそこの本屋さんもなくなっちゃいましたね。ああー、もうずいぶん前だよ。あれ、お婆さんの自作の詩だったんだよ。

話しているうちに、不意打ちのように鼻の奥がつんとしてきた。ぜんぜん懐かしくないはずなのに、何もいい思い出のない町のはずなのに、作った人格の気持ちと自分の気持ちがごちゃ混ぜになって、何かがあふれそうだった。グレープフルーツください。ごまかすために、急いでそう言った。はいよ、四個で千円ね。おじさんはビニール袋に手を伸ばした。

近隣

とりあえず、家を出て右に進んだ。大通りに出るには左で、ふだんはどこに行くにもまず家の前の道を左に行く。右に行くのは、スリッパの左右をはきちがえたような違和感があった。あの日もそうだった。

二年ほど前、家から都心までハイヤーで運ばれた。それは毎年発生する用事のためで、同じ季節に同じ場所にハイヤーで運ばれる。毎年ほぼ同じルートを通って、混んでいても小一時間ほどで目的地に着く。だがその年はちがった。

ふつうは家の前の道を左に進み、大通りをしばらく走ってから高速道路に乗る。だがその年のハイヤーは迷わず右に進んだ。それからいくつか角を曲がり、どんどん細くて入り組んだ道に入っていった。

「これは裏道ですか」と訊ねると、若く日に焼けた運転手さんが「はい、そうなんです。事前に何度か同じ時間にこのあたりを走ってみて、いちばん近いルートを探しておきました」と朗らかに言った。

そうか。さすがプロだなあ。そう思って目を落とし、しばらく考え事をしていた。その日は選考委員をしている賞の授賞式で、ジャンケンに負けて壇上でしゃべらなければならなかったので、言うことを頭の中で組み立てていた。

どれくらい経っただろう。目を上げると、車はまだ細い裏道を走っていた。体感的にはもうとっくに高速に乗っている頃合いだった。窓の外の景色がなんだか変だった。細く曲がりくねった道の両側から、黒ずんだ殺気だったような緑が覆いかぶさっていた。たまに民家や建物があらわれたが、人が住んでいる気配がなかった。歩道の割れ目からネコジャラシが盛大に芽吹いていた。カーブミラーは錆びて傾いていた。喫茶店の廃墟が木に半分飲みこまれていた。川も死んでいた。ここがどこなのか、全然わからなかった。景色が本物のように思えなかった。時間が止まっていた。さっきまで晴れていた空が白く曇っていて、遠近感がなかった。

真っ白な空を背景に、黒々とした森と、巨大なグラウンドのネットのようなものが見えてきたとき、急に恐怖が襲ってきた。漏斗《じょうご》で体ごとどこかに吸いこまれる感じがした。このまま進んだらまずい、と思った。運転手さんはまっすぐ前を向いて微動だにしない。すいません、これ本当はどこに向かっているんですか。

そう言おうとした瞬間、車はひょいと高速道路の高架下の大きな通りに出た。歩道を人が歩いているのが見えたとたん、景色に色が戻った。時間がふたたび動きだした。背中にひどく汗をかいていることに気がついた。手のひらに爪がくいこんでいた。

その時のことを、いまだにときどき思い出す。細部の記憶は薄れていくけれど、あの得体の知れない怖さとモノクロの風景は、逆に年々くっきりと濃くなってくる。

あれは何かの入口だったんじゃないか。そんな気がする。あの時の私は、風呂の排水口の縁をくるくる回る虫みたいに、あやうく別の世界に吸いこまれかけたのではないか。

自分が住んでいるところの近くにそんなものが口を開けているのは恐ろしくもあり、興味深くもあった。あの場所を、探してみたかった。


どこをどう歩けばいいのかわからなかった。目印は高速道路とグラウンド、朽ちた喫茶店、それだけだった。家の前の道を右に出てから、高速道路のおおむねの方角を見定めつつ、できるだけ細い道、暗い澱《おり》の溜まっていそうな道へ入っていった。

家のすぐ近所なのに、ちょっと歩いただけでまるで馴染みのない景色になった。ひどく古びた、全体が錆《さび》まみれのアパートがあり、それでもゴミ出しのルールに関する真新しい貼り紙が

スピード落とせ!

あって、人は住んでいるらしかった。鬱蒼とした木のトンネルの中をくぐる砂利の坂があり、登っていくと金網に囲まれた行き止まりになっていて、その空き地の真ん中に事務机と椅子がひと組、雨ざらしのまま置いてあった。辻々に小さな祠《ほこら》のようなものがあり、その角を曲がると、いきなり人家の庭先に出たりした。元は蔵だったのか駐在所だったのか、正面がコンクリートで塗り固められた死んだ建物があった。家の裏手の日陰になった物干しに、ハンガーにかかった白ブリーフが一枚、ひっそり忘れられていた。

　気温は三十五度で、目眩がするほどの快晴だった。そのせいか、何となく澱の淀んでいそうなほうに曲がっていっても、澱はじきに蒸発して気配も消えてしまった。

　このあたりの道は不規則に曲がりくねっていて、行きたい方向とはぜんぜん別の方向に連れていかれたり、いつの間にか元の場所に戻ってきたりする。だんだん高速がどっちの方角だかわからなくなってきた。

　子供のころ、住んでいた社宅の窓から〈角海老宝石〉という赤い電飾看板が遠くに見えた。毎日見るその看板に私は淡く憧れていて、ある日とうとう自転車でそこまで行ってみた。でもいざ目指してみると意外なほど遠く、漕いでも漕いでも着かなかった。おまけに角海老宝石は右だと思って行くといつの間にか左にあり、左に行くと今度は右にあった。けっきょく知らない町まで来てしまい、怖くなって引き返した。そんなことを思い出した。

　歩いていると、少し先のガードレールのポストの上にシオカラトンボがとまっていて、近づくと、ついと弧を描いて飛んでいった。十歩ほど歩くと、少し先のガードレールにまたシオカラトンボがとまっていて、また弧を描いて飛んでいった。さっきのトンボと大きさも動きもそっくりで、同じ動画が二度再生されたようだった。もしかしたら『マトリックス』の猫のデジャヴのように、システムが揺らいでいるのだろうか。

水がざあざあ流れる音がして、川に出た。あの日、時間の止まった空間の中で死んでいた川に似ている気がした。川に沿って少し歩いて角を曲がったところに、喫茶店の廃墟はあった。さらに一段と木と一体化して、ピンク色の花を咲かせていた。目を上げると、向こうのほうに背の高いネットと高速道路の切れ端が見えた。近い。あのグラウンドと高速に挟まれた三角地帯に、入口はあるはずだ。

ネットを目印に歩きはじめたが、すぐに建物の陰に隠れて見えなくなった。道が馬蹄形や行き止まりになっていて、思うように近づけない。やっとネットのたもとに出た。ゴルフ練習場だった。だが高速が遠すぎた。左を見ると、別のグラウンドのネットが見えた。そちらに向かって歩きだした。だがたどり着いてみると、グラウンドは高速道路に接していて、三角地帯はどこにもなかった。振り向くと、また別の背の高いネットが二つ見えた。訳がわからない。角海老宝石よりも悪質だった。

私は断念した。これ以上は歩けなかった。たまらなく水が飲みたかった。どのみち入口は別の時空に移動したらしく、気配はもうどこにも感じられなかった。

広い公立の運動場の売店でソフトクリームを買い、食べながらプールで泳ぐ人たちを眺めた。ブルーの水面がきらきらして、声がこだました。二年前、入口をからくも逃れて大通りに出て、でもそのあと私はどうしたのだろう。たぶん会場に着いて、授賞式に出たはずだが、なんだか記憶が曖昧だ。壇上で何をしゃべったのか、そもそも本当にしゃべったのかも、思い出せない。

もしかしたらあの時、私の一部は本当に入口に吸いこまれたのかもしれないなと思った。こうしている今も、私のかけらはあの時間のない異世界に取り残されて、出口を探して歩きまわっているのかもしれない。今の私はかけらを失った不完全な私なのかもしれない。

プール脇の温度計はまだ三十五度で、ソフトクリームがぽたぽた垂れて地面に水玉を描いた。

COFFEE

富士山

いつのころからか、富士山が好きになった。

遠くに富士山が見えると、むやみにうれしかった。「富士山、好きなんだよね」と、のろけ口調で人に語った。自分の本にサインを書くときは、名前の横に簡略化された富士山の絵を描いた。そうやって言ったり見たり描いたりすることで、ますます好きさが増していった。

初めて富士山に登ったのは小学校三年の時だった。バスで五合目まで行った。

前の日はわくわくして眠れなかった。あの「フジさん」についに登れるのだ。きっと一面の青世界だろう。三色アイスのピンクと白、白と茶色の境目をスプーンですくって両方の味を食べるみたいに、青い地面と白い地面の境目のあたりをスコップですくって持って帰りたい。それからてっぺんの平たいところに立って手を振りたい。クラスのSちゃんは高い山に車で登って、窓から手を出してビニール袋に雲を詰めたと言っていた。私も同じことがしたかった。

だが五合目は、私が思っていたようなところではなかった。灰色の荒い感じの石がごろごろ転がる醜い野っ原だった。人がうようよいて、そこらじゅうにゴミの山があった。地面はぜんぜん青くなかった。白くもなかった。雲のようなものが流れてきたので一瞬期待したが、それはイカめしの屋台から出る煙だった。あたりがイカくさかった。

私は心底がっかりした。当時の私の生活は、事前の空想とそれを現実によって大幅に裏切られることの連続だったが、富士山はそこに悲しい実績を一つつけ加えた。

それからは写真や絵で富士山を見るたびに、胸の中に不信感がわだかまった。遠くからだとこんなにきれいに見えるのに、あの腹のあたりはごろた石とゴミとイカめしの野っ原なのだと思った。それなのに遠くからだとなんで青く見えるのかがわからなかった。今もよくわからない。

それが変わったきっかけは、小林麻美だった。

大学生のとき、コマーシャルで小林麻美が波打ち際にあぐらをかいてワインを飲んでいた。グラスはふつうの脚つきのではなく、台形を逆さにしたような形で、小林麻美は緑の部分を上からつかむように持って、冷えた白ワインを飲んでいた。

　私はなぜだかそのコマーシャルから目が離せなかった。流れるたびに食い入るように見ているうちに、魅かれる理由がわかった。グラスの形だ。私は自分が台形フェチであることをそのとき初めて知った。

　いったんそうと自覚すると、いろいろな台形のものに目が行った。跳び箱。プリン。ペルーのピラミッド。侍の編み笠。空母。トルコの帽子。台形スカート。台形の鉢。なかでもいちばん形がきれいでスケールの大きな台形が、富士山だった。

　自然のものなのに、まるで誰かに整えられたみたいに上が平らで、完璧に左右対称の稜線がなだらかに延びている。こんな山がほかにあるだろうか。マッターホルンとかモンブランとかエベレストとか、ほかの高い山みたいに先端を尖らせればもっと標高を稼げたのに、そんなことにはまるで頓着していない。それにあの青と白。海が青く見える理由は知られているが、富士山が青く見える理由は誰か説明してくれているんだろうか。そんなことを考えているうちに、五合目のゴミももう気にならなくなった。むしろあんな俗な汚さを飲みこんでなお泰然としていられる懐の深さよ、と思うようになった。富士山は私の敵ではなくなった。

　大学を卒業して社会人になって、しばらくはそんなことも忘れていた。翻訳の仕事をするようになり、自分の本にサインを求められたときに、名前だけでは寂しいな、と思ったら、手が自然と富士山の絵を描いていた。自分がいつの間にか富士山のことをすごく好きになっていた

ことを知った。絵を見た人からは「プリンですか？」と訊かれた。

以来、私は「富士山好き」を公言するようになった。サインの横のプリン富士は定番化した。富士山柄のハンカチやTシャツや皿があるとすかさず買った。今の家に引っ越したとき、窓から遠くに富士の頭が見えることを知って小躍りした。実際に登りはしなかったけれど、事あるごとに遠くから眺め、写真や映像を眺め、姿と形に見入った。

色川武大が「門の前の青春」というエッセイで、富士山のことを書いている。いわく、平坦な関東平野で生まれ育った自分にとって、山は異常な恐ろしいものである。その最たるものが富士山で、「あれはもうあの辺の才能を無駄に吸いとっているのであり、放置しておけば、界隈からすぐれたものが生まれる余地はない。即刻、切り崩しかき均《なら》してしまうがよろしい」。あまりに目茶苦茶なけなしっぷりなので何度読んでも笑うが、でも心のどこかでかすかに富士のために傷ついている自分がいた。

二〇一三年に世界遺産に認定されてから、富士山は急にブームになった。前は注意して探さないと見つからなかった富士山グッズが街にあふれはじめた。擬人化されてぬいぐるみになったりした。私はうっすら不機嫌になった。なんだよみんな急にちやほやしやがって、と思った。もう自分だけの富士ではなくなってしまった、とメジャーデビューした地下アイドルのファンのようなことを思った。もちろん富士山はもともと有名だったから私の一方的な思いこみだ。ちょっとした富士山グッズが、標高にかこつけてみんな三千七百七十六円と割高なのも気に食わなかった。

二年前、用があって関西に行った。行きは快晴で、車の窓に張りついて東名高速から見た富士山はすごかった。途方もなく大きく、近かった。大きすぎて一度に視界に入らず、頂上を見ようとすれば稜線が見えず、稜線をたどっていけばどこまでも続いていて、いつ見るのをやめればいいのかわからなかった。

帰り道は夜だった。これでは富士は見えないなあ、と何の気なしに窓の外を見たら、あった、富士山が。満月の光を浴びて、ひっそりと、でもありありと、そびえていた。まさか夜に山がこんなにはっきり見えるとは思っていなかった。行きに見たよりもさらに巨大だった。そしてぞっとするほど美しかった。たぶん、それが私の富士山愛が最高値を記録した瞬間だった。見えなくなるまで、首をねじ曲げていつまでも見送った。

今年の夏、同じ道を通ってまた関西に行った。父の生まれ故郷に行くためだった。今度も帰り道は夜だったが、この日は月がなかった。富士山の真横を通るとき、さすがに見えないだろうと思いながら念のために窓の外を見た。富士山は見えなかった。だが目をこらして見ると、空の一部に星が見えないところがあった。それをたどっていくと、富士の輪郭があらわれた。そのとたん、富士の気配があたりを圧してありありと伝わってきた。私は背中に氷の棒を打ちこまれたみたいにぞくりとした。怖かった。説明のつかない、動物めいた恐怖だった。これは何かヤバいものだ、と思った。目をそらし、気配が追ってこなくなるまでずっと震えていた。

あれから半年ちかく経つが、あのときの鳥肌がまだ背中のあたりに残っている。私はすっかり富士山が怖くなった。写真や絵を見るのも怖い。朝、カーテンを開けるときは顔をそむけて遠くを見ないように気をつける。気に入っていた富士山形のポストイットに触《さわ》れなくなった。富士山柄のハンカチもTシャツも棚の奥にしまいこんだ。

どうしてこうなったのか、自分でも訳がわからない。もしかしたら私は富士山に叱られたのかもしれない。霊峰に馴れ馴れしくしすぎたのかもしれない。本当は色川武大のように、恐れて遠ざけるのが正しい態度なのかもしれない、切り崩すのはやりすぎにしても。それとも、富士はただ放っておいてほしいのかもしれない。霊峰とかグッズとか好きとか怖いとか、そんなものは全部よけいなお世話で、ただもう隆起した地面でいたいのかもしれない。

私と富士山の関係がいつまた変わるのかどうかはわからない。とりあえず、今はサインの名前の横は空っぽのままだ。

三崎

ここ七年ほど、毎年秋口になるたびに三崎に行って一泊する。

きっかけは、酒の席で誰かがしみじみ放った「飲み会って、家に帰る部分さえなければ最高なのにな」というひと言だった。これにはその場にいた多くの人間が賛同した。そして考えた。じゃあいっそ泊まりで飲んだらいいいんじゃないか。合宿みたいに？　そう酒合宿！

酔っぱらい特有の決断力で場所は某出版社の三崎にある保養所とすぐ決まり、その年の秋から酒合宿は開かれ、そしてかれこれ七年くらい続いている。

段取りはだいたいいつも決まっている。

三々五々、京急とタクシーを乗り継いで、午後の好きな時間に三崎の保養所に集合する。冷蔵庫にすでにビールがぎっしり冷えているから、早く着いた人は道を渡ってすぐの浜に出て勝手に飲みはじめる。浜は砂地に草がまばらに生えていて、流木や岩があって、座るのにちょうどいい。人もいない。

全員が出そろうのは夕方だ。まず食堂のテーブルの上に各自持ち寄った酒瓶を集め、みんなで記念撮影をする。「こっちに目線くださーい」などと酒瓶に向かって言いながら。

それから浜に出て、焚き火をする。

焚き火は四年めぐらいから導入された。野宿のカウボーイみたいに、開高健みたいに、燃える火を囲んで車座になり、黙ってウイスキーを回し飲みする。という当初のイメージどおりにはちっともならず、みんな立ったり跳ねたりしながらビールや焼酎を飲み、マシュマロやウインナーを棒に突き刺して焼き、火の粉に逃げまどい、そうこうするうちに真正面に日が沈む。

完全に火が消えるのを見届けてから屋内に戻ると夕食ができていて、だいたいいつも刺し身の舟盛りと、鍋と、あといろんなもの。それをつつきながら、ひたすら飲む。テーブルの上に集めた酒瓶がどんどん減る。途中で脱落して部屋で寝入る人、風呂に入って出てきてまた続きを飲む人、椅子に座ったまま寝落ちする人、ふらっと外に涼みに行く人、もう各自好き勝手だ。

九時をまわったころ、誰が言いだすでもなく、ちょっとそのへんを散歩しようということになる。めいめい飲みかけのグラスや缶や瓶を手に外に出る。いつも月が明るい。海に向かって延びる防波堤を先まで歩いていき、めいめい腰掛けて持ってきたものを飲む。波の音が昼より大きく、暑くもなく寒くもない潮風が顔に当たる。たまに夜釣りをしている人がいて、そんなときは魚を驚かせないように声をひそめる。

翌朝はよたよたと起きだして朝食をたべ、荷物をまとめてバスで港に出る。残った酒は飲んでしまうか、荷物に突っこむ。焼酎とか日本酒とか白ワインのような透明な酒は「南アルプスの天然水」の空きボトルに詰めかえて、水のふりをして歩きながら飲む。ミネラルウォーターの空きペットボトルは酔っぱらいのスキットボトルだ。

バスで一人ふたり気持ち悪くなって動けなくなる人が出るとそのへんのベンチに転がしとき、歩ける人だけで港を歩きまわる。物産館でマグロの切り身とかマグロの角煮とかマグロ飴（すごく変な味なので罰ゲームに良い）とか地場野菜を買い、昼になると「まるいち」という魚屋に上がりこんで刺し身や煮魚や焼き魚や干物をたらふく食べ、帰りに店先で干物を買う。

そこで酒合宿はいちおう解散となるものの、まだ去りがたくて、けっきょくは商店街にあるカフェでさらにしらすピザを肴にワインを飲む。

港はいつもぽかんと晴れて暖かく、カモメが空で輪を描き、道端のゴムの木は南国みたいにばかに大きくて、そんなものをぼんやり見ながらきんと冷えた白ワインを飲んでいると、ああ生きているという感じがふつふつと沸いてきて、ただひたすら楽しく、楽しすぎてなんだか悲しくなってくる。それで帰りの京急の中でまた飲む。

そんなことを七年間くりかえしてきた。顔ぶれは、中心となる何人かが不動のまま年によって増えたり減ったり、彼氏や彼女や子供や友人や、そのまた彼氏や彼女や子供や友人が来たり来なかったりした。結婚した人どうしもいる。永遠にいなくなってしまった人もいる。

その七年ぶんの記憶は私の中で混ざりあい、ちょうどたくさんの地層を上から透かして見るみたいに、記憶や映像がいくつも重なり合って見える。場所だけが不変のまま、何人もの私たちが折り重なって同時に存在して、飲んだり、歩いたり、笑ったりしている。

私たちは火を囲んで誰も口をきかない。私たちは火を囲んではしゃいで叫ぶ。薪を少ししか用意しなかったので火はすぐに消えてしまう。たっぷりの薪で火は長く燃えつづけ、日が落ちてあかあかと輝く。私たちはアルミに包んだ芋やチーズやウインナーを焼く。私たちは何も焼くものがなく、チョコレートを棒に刺して焼いたらすぐに溶けてしまう。私たちは遠くの灯台の光を眺める。

Pは誰よりも酒を飲み、帰りの京急で途中下車してさらに飲む。Pは禁酒し二度と来なくなる。Pは酒を飲みながら「緑のたぬき」を食べることを流行らせる。Pは港行きのバスの中で水に見せかけた焼酎をおいしそうに飲む。Xは風呂の中で熟睡して何時間も出てこない。Xは刺し身の皿を両手で捧げ持って一口で食べる真似をする。Xは死んでもういない。Xはとんと部屋で寝こんで酒をこぼし、ほかの誰かが宿の人に叱られているのを指さしてケケケと笑う。Uは宿の庭のふかふかの芝生に大の字に埋もれている。Uは残ったごはんを塩にぎりにする。

Uは饅頭をつまみに酒を飲む。Wは人が一人も写っていない港の写真を何十枚と撮る。Wは三崎の不動産屋に電話をかけて部屋を借りようとする。Wは突堤から転げおちそうになる。Qは一人で来る。Qは結婚している。Qは子供を連れてくる。Zはゾンビ柄のTシャツを着る。Zは髑髏《どくろ》柄のTシャツを着る。Zは般若心経の柄のアロハシャツを着る。

私たちは海に向かって歩いていくが雨が降ってきて引き返す。私たちは海に向かって歩いていき、透明の泡のようなテントの中で酒盛りをしている人たちと仲良くしようとして冷たくあしらわれる。私たちは突堤に腰掛けて星を見あげ、中の一人が星座に詳しいので褒めそやす。私たちは海辺の道をどこまでもどこまでも歩いていき、やがて道が行き止まりになる。

去年、酒合宿は開かれなかった。特に理由があるわけではなかった。なんとなくこのまま終わるのかもしれなかった。それともまた何事もなかったかのように復活するのかもしれなかった。酒でつながった私たちだから、どんなふうになってもいいし、ならなくてもいい。

どれかの年、夜、散歩に出たら流れ星がたくさん流れた。「あ、流れた!」「あ、また!」と何度も声が上がり、でも私はそのたびによそ見をしていたり酒を飲んでいたりして見逃した。でも最後にやっと一つだけ見えた。すごく大きく、長く尾をひいて消えた。何か願い事をしたのか、しなかったのか、酔っぱらってそれどころではなかったのか、思い出せない。

丹波篠山2

父の生家には前の日に着いた。子供のころ夏休みによく来たこの家も、大人になってからはほとんど訪ねなくなり、年賀状やたまの電話のやりとりだけだったのが、去年の夏に父が死んでから急にまた行き来が増えた。葬儀は関東でやったが、父が生前に墓地を買っていたために、四十九日、一周忌、初盆、とそのたびにこちらに来る用ができた。

何十年かぶりの家はずいぶん様子が変わっていた。土間だった部分はダイニングキッチンになり、五右衛門風呂はパネルでコントロールするバスタブに替わっていた。土蔵も伯母さん用の離れに建て替えられていた。表通りに面してあったガラス張りの事務室はまだ残っていて、今はパソコンが置かれていた。私が好きだった電話ボックスのような謎空間があった場所は、伯父さんの遺した文学全集がぎっしり詰まった本棚になっていた。井戸は、もうなくなっていた。

家のまわりを少し歩いてみた。並びの家はあいかわらず「岸本」の表札が多かった。どこも茅葺き屋根の上から金属の覆いがかぶせられていた。子供のころから謎だった、軒下に鉄の渦巻き型の金具がついている家がまだ何軒かあった。何をするものか忘れずに訊こうと思った。

通りをはさんだ向かいの無人の神社は、まだあった。崩れそうな石の階段を登っていくと、巨木に囲まれた開けた場所に古いお神楽の舞台があるところも小学生のころの記憶のままだったが、向かって右にあると思っていた舞台は左にあった。こういう記憶の裏焼きが、私にはよく起こる。神楽舞台のまわりに今日はお爺さんが何人もいて、忙しく供え物を用意したりしていた。年に一度の何かの行事があると教えてくれたが、うまく聞き取れなかった。神社は廃墟ではなく、ちゃんと生きていたのだ。

家の裏側の風景も、ほとんど変わっていなかった。裏庭の向こうにひとまたぎできるほどの小川、その向こうに青々とした田んぼの広がり、さらにその向こうが山。昔、祖母が茶碗を洗ったりスイカを冷やしたりしていた小川は両岸がコンクリートで固められていたが、目をこらすと隅のほうに黒いメダカの群れがいた。

小川を越えて国道に出て、その向こうに流れる大きな川を目指して歩いた。川の手前のちょっと低くなったところに、ふしぎな感じの空き地があった。むき出しの広い地面のところどころに盛土がしてあり、コウモリ傘が一本ずつ差してあった。ここだったのかと思った。祖母が死んだ時は土葬だった。祖母を入れた桶を先頭に、田んぼのあぜ道の中を一列に、小さな鍬《くわ》とか、木の枝とか、各自一つずつ何か道具を持って歩いていった。とても遠くまで歩いた気がしたけれど、ここだったのだ。大半は掘り起こして火葬しなおしたが、まだ残っている人の数だけコウモリが残っている。

　川は記憶の中よりずっと幅が広く、川岸まで木が繋っていて、泳げそうになかった。泳いだのは違う川なのかもしれなかった。曇り空の光が川面に映って、行ったことがないのにスコットランドみたいだと思った。岸辺にこんもりとした竹やぶがあり、その中で一羽だけウグイスが、練習のようにいつまでも鳴いていた。

　夜は大阪や神戸からも従姉たちとその配偶者が集まって、猪鍋で歓待してくれた。賑やかだった。夜おそくまでしゃべって、寝る前に庭に出てみた。小学生のころ、ここで生まれて初めて天の川を見て、自分と宇宙のあいだに何の仕切りもないような気がして底無しの怖さを感じた。天の川を見たのはあの一度きりだ。また見えるだろうかと思ったが、空は曇っていた。従姉の一人が暗がりから私を呼んだ。行くと、「一匹しかいなかったけど」と言って、両手の中にそっと閉じこめた蛍を見せてくれた。裏の川のほとりに少し前までたくさんいたのだが、もう時期が遅いらしかった。

寺は家のすぐそばの山の中腹にあった。ふだんは無人寺で、何かあるときだけほかの寺からお坊さんがやってくる。外からは枯れて白骨のように見えるが、中は柱に朱色の幕が巻かれ、天井には緑や黄や青や赤のだんだらの垂れ幕が張りめぐらされていた。祭壇には絢爛《けんらん》な仏像や装飾がひしめいていて、暗くてよく見えない奥のほうで、煤《すす》けた金色がちらちら光っていた。

こちらに背を向けたお坊さんの後ろに、喪服の十何人かが並んで座った。お坊さんはお経を上げながら木魚を一秒に二回のハイペースで正確に叩く。無心な気持ちでお経に耳を傾けようと思うのに、ついつい違うことを考えてしまう。腕が疲れないいんだろうか。何十年もこれをやって、シオマネキみたいに右腕だけが巨大化しないだろうか。お経のところどころが〈ヴィーガン〉〈生存戦略〉〈次元〉などの言葉に聞こえる。木魚はものすごく古く、塗りが剝げて、下に敷いた縮緬《ちりめん》の座布団に半分めりこんでいた。ポクポクではなくドスドスという音がする。私のすぐ横では背の高い扇風機が唸りをあげていた。お経と、木魚と、扇風機と、周囲の森の蟬の声とが、だんだん一つに混ざりあっていく。

私たちはちっともいい親子ではなかった。父は短気ですぐ癇癪《かんしゃく》を起こしたし、私はいろんなことを根に持って、とちゅう何年も父と口をきかない時期があった。親しく語らったり、心から笑いあったりしたことなど一度もなかった。大人になってからちゃんと話をしたいと思っても、今さら恥ずかしくてできなかった。

だから父のことで思い出すのは、脈絡のない断片ばかりだ。酔っぱらって社宅に猫を連れて帰ってきて、私が怖くて大泣きしたこと。ハシボソガラスとハシブトガラスを「アシボソ」「アシブト」とまちがえて覚えていて、カラスを足の太さで「あれはアシボソだ」「あれはアシブトだ」と判定していたこと。クリスマスに巨大なパチモンのスヌーピーの縫いぐるみを買ってきたこと。出張で行ったヨーロッパで見た古城を「絵ハガキのようにきれいだった」と形容したこと。妹が大事にしていたコアラの人形を殴っておならをひっかけたこと。溺愛していた犬が死んでから、毎日犬の遺影に向かって般若心経を唱えていたこと。私が急須を投げつけて、シャツの胸が茶葉まみれになったこと。私が行き詰まっていたとき、なぜだか電話をかけてきて「そんなにいつもいつもうまくいかなくたっていいじゃないか」と言ったこと。

法要が終わり、みんなで一列になって階段道を下って墓地に行った。ぽつぽつ並んだ墓の中に一つだけ白い布を巻かれたのがあり、それが父の新しい墓だった。お坊さんが骨壺の中身を白い袋にざらざらあけ、墓の前の穴に納めて、それから何人かで重い石の蓋を閉めた。お坊さんは口の中で何か唱えながら空中に文字を書いた。墓に魂を入れる作業なのだそうだ。

持ってきた花を供え、線香とろうそくを灯してみんなで拝んだ。墓は父の生家のあるあたり一帯を見下ろすように建っていた。遠くまで緑の濃淡が連なって、蟬の声がますますすごかった。

新品の墓石は鏡のようにつるつるで、手が切れそうなほどくっきりと字が彫られていた。父は本当にこの中にいるのかな、と考えた。恐ろしくせっかちだったから、もうさっさと地上のことなど忘れて次の場所に行ってしまっているような気がした。幼稚園のとき、運動会で親子ペアの種目に出た。目隠しをした親を、子供がタンバリンの音でゴールまで先導する競走だった。だがスタートしたとたん、父は私を追い抜いて一目散にゴールしてしまった。

遠くでまたウグイスが鳴いていた。頭の奥のほうに小さな暗がりが生まれて、ゆうべの蛍が従姉の手の中からふわふわと飛んでいって夜闇の中に消える映像が、スクリーンに何度も繰り返し映し出された。

世田谷代田

世田谷代田は小田急線いち不遇な駅だ。

新宿から見て下北沢の一つ先、急行にも準急にも素通りされる、各駅停車しか停まらない小さな駅。

小田急線の駅は十年くらい前から徐々に地下化が進んで改装されたが、ほかの駅がつぎつぎきれいになるなか、なぜか世田谷代田は最後の最後まで放置され、いつまで経ってもホームは吹きっさらし、幅が異様に狭くて端のほうは人ひとり立つのもやっと、ベンチも壁板も古びた木製で、最果ての地の無人駅のような風情のままだった。

三浦しをんの『木暮荘物語』に、世田谷代田駅のホームの柱から水色の男根そっくりのキノコが生えるという話が出てくる。長く小田急線を利用している人なら納得だろう。柱からキノコ、それもそんな色と形のキノコが生えてしまうような状況が、世田谷代田ほど似合う駅はない。

何年か前にダイヤが大幅に改正され、従来の急行、準急に加えて、準急と各停の中間のような電車が導入されたが、このときも世田谷代田はコケにされた。経堂を出たその何とか準急は、豪徳寺、梅ヶ丘と停車したあと、世田谷代田だけ通過して下北沢に停まった。まるで世田谷代田をいじめるためだけに考えだされた電車のようだった。

そう、世田谷代田駅はクラスのいじめられっ子だった。そして、そんな世田谷代田のことを気にかけながら一度も降りてみようとしなかった私も、いじめに加担したのと同じことだった。

各駅停車を降りると、そこはほかのどの駅とも見分けのつかない、つるりとした無機質なホームだった。最後まで後まわしだった世田谷代田も、何年か前についに地下化されたのだ。金属の柱、タイルの壁、プラスチックのベンチ。キノコの生える余地はもうどこにもなかった。

地上に出ると、駅前は仮のフェンスで覆われ、掘り返した地面にトラックが何台も停まって、再開発途中の風景だった。

いじめられっ子の世田谷代田を探して、景色の古いほう、古いほうを選んで進んだ。線路の脇に、昔よく見かけたようなコンクリートの柵がなかば朽ちて続いていた。その向こうにはやたらと大きな木とソテツのある庭。家は廃屋のようだった。

古い一角はすぐに途切れ、その先には築十年くらいの、わりあい新しそうな住宅が並んでいた。乳母車ばかり何台もずらずら並べてある家。白い壁の前に葉を落とした木が一本立っていて、それを中心に半円形の黒い汚れが壁についている家。木がそんな勢いで暴れるのか。家と家の隙間の細い路地の入口に〝「き」裏口→〟とあるのは何のことだろう。

人通りはほとんどない。たまに一人や二人組で歩いている人たちは、なぜかみんなA４のクリップボードとペンを持っていて、何かの調査員かガス会社の人みたいに見える。メモ帳を片手にうろついている私もそう見えているかもしれない。

気がつくと、あちこちにスプレーで落書きがある。一つも判読できない。中東の文字のようなのもある。曲線や色がなんだか魅力的に見える。あまりに景色が寂しすぎて、このたくさんの落書きが人の気配を代行しているみたいだった。

それにしても寒い。携帯で見たら、午後二時で気温は五度だった。空が紙のように真っ白で、見あげるたびに上のほうにムクドリの群れが飛んでいる。でもそれは本当は私の目の飛蚊症《ひぶんしょう》だった。さいきん急にたくさん飛ぶようになった。

歩きながら、古そうな家があると寄っていって見た。多くはすでに人が住んでいなかったり、塀だけ残っていて中は更地になっていたりした。もしかしたら私は木暮荘を探しているのかも

しれなかった。『木暮荘物語』は、世田谷代田駅から徒歩五分のおんぼろ木造アパートを舞台にした群像劇だ。一間に台所、後からつけたシャワー。庭ばかりばかに広くて、一度も洗ったことのない大家の飼い犬が走りまわっている。

歩いているうちに、ものすごく大きなお屋敷の前に出た。海原雄山が出てきそうな和風の門構えで、中は千坪ぐらいありそうだったが、門の前に黄と黒のだんだらの棒が渡してあって、ここもじきに取り壊されるらしかった。子供のころ、近所にあった「神山さん」というお屋敷のことを思い出した。神山さんの家もこんな風に奥が見えないくらい広くて木が鬱蒼としていた。門はいつも開け放してあり、私たち子供は勝手に入っていってセミやカブトムシを捕った。あのころの世田谷にはそういうお屋敷がぽつぽつあった。神山さんの家は、今もあるだろうか。

そのうち手がかじかんで一歩もあるけなくなった。商店街に出て、目についた店に飛びこんだ。壁も床もテーブルも白い。白い服を着た女性が一人でやっていた。中にバナナと生クリームがはさまったシフォンケーキを頼んだ。コーヒーが胃にしみわたった。トイレの場所を訊くと、いったん外に出て建物の裏に回りこむように言われた。言われたとおりに行くと、さっきの〝「き」裏口〟のところに出た。この店の名前が「き」というのだった。

店を出て、商店街を歩きまわった。シャッターが長いこと下りたままのような店の合間に、ところどころガラス張りの洒落た店があるが、それも今日は寒さに力尽きたようにどこも閉まっていた。ふすま張り替え。家具工房。フラダンス・スタジオ。美容室。錆びたシャッターや電信柱に、ここにもちらほら落書きがある。ふと、これらはじつは道しるべで、正しくたどっていけば「木暮荘」にたどり着く、という考えが浮かんだ。それからは落書きを見つけてはそっちの方向に進む、というふうにして歩いた。洋服仕立て直し。「ゆ」と小さく看板の出た銭湯。その隣でごうごう音を立てているコインランドリー。縮毛矯正ツヤツヤサラサラ二万円。ジャージがベランダの欄干に旗のように干された二階建ての家。ねじくれた木の輪郭にきっちり合わせて切り抜かれたトタン塀。歩くあいだ、いつもどこかに見えている白い高い鉄塔。なるべく細い路地を選んで奥へ、奥へと分け入ったつもりが、気づくとまた駅前に戻ってしまった。人間の規模が小さいと、自由な散策もままならない。

空がいつの間にか晴れていた。もう帰ろうと思った。ホームに降りたが、衝動的に家とは逆方向の上りに乗って、二つ先の東北沢で降りた。

東北沢もかつては不遇な駅だった。クラスの人気者・下北沢の陰に隠れてつねに目立たず、「急行に追い抜かれるために各停が長時間停まる駅」としてしか利用者に認識されない駅。

子供のころ、この駅のホームから見える線路際の洋装店が気になって仕方がなかった。上部が丸みをおびた扉の上に、円い形の濃ピンク色のファサード。白い壁に、レースのカーテンがかかった出窓。小学生の私にとって、その小さな店は「ファンシー」の象徴だった。南新宿の塾に通う行き帰り、東北沢で電車が停まるたびに食い入るように見つめ、中はどんなにか素敵だろうと想像をめぐらせた。子供が一人で店に入っても不自然に思われないシナリオも考えた。

私（はあはあと息を切らせてドアを開けながら）「あの、お母さんがこっちに来ませんでしたか？」

中学、高校、大学と進むにつれ店はだんだん古び、ファサードが破れ、やがて取り外され、会社員になるころにはもう見るのもやめてしまった。そして駅は地下にもぐった。

地上に出ると、駅前にはさっきの世田谷代田とそっくりの工事中の風景が広がっていた。およその見当で、たぶん線路際と思われる道を歩いていく。案の定、ここも真新しいマンションやビルが立ち並んでいる。

やがて道は斜めに駅から逸れていき、ここまでかと諦めかけたが、よく見ると脇枝のように細い路地が線路に沿うようにまっすぐ続いていた。歩いていくと、そこだけ五十年前のままのような一角に、それはあった。白壁の古い一軒家、上部が円い扉。ペンキの色は変わっていたが、まちがいない。店ではなくなっていたし、人が住んでいるか廃屋なのかもわからなかった。扉のガラス窓は内側から塞がれて、中は覗けなかった。この中にあったはずのファンシーは、もうとっくに死んでしまったのだろう。あのシナリオを、思い切ってやってみればよかった。

駅前に戻って振り返ると、遠くに代々木上原のイスラム教会の丸屋根と三日月が見えた。それだけが当時のまま生きていた。

バリ島

友人二人と正月休みにどこかに行こうという話になったとき、バリ島がいい、と主張したのは私だったかもしれない。

そのころ、私の周囲の人たちはこぞってバリ島に行っていた。そして帰ってくると熱に浮かされたように、くちぐちにバリ島のすばらしさを褒めたたえた。

物欲がきれいさっぱりなくなった、と言う人がいた。日本で悩んでいたことが全部どうでもよくなった、と言う人もいた。ずっとひどかった肩凝りが何かに撫でられたみたいにすっしなくなった、と言う人さえいた。

バリは自然が美しいだけでなく、霊的な土地だと言われていた。だからみんなの語り口もふつうの南国の話をするのとちがい、どこかかしこまったような、声をひそめるようなところがあった。

ふしぎな話をいくつも聞いた。友人のそのまた友人のカメラマンが、村人以外は参加がかたく禁じられている宗教儀式にこっそりまぎれこみ、トランス状態で神が降りてきた巫女の少女の姿を隠し撮りしたが、日本に帰って現像してみたら蘭の花が一輪写っているだけだった。べつの友人のそのまた友人は、バリの奥地の村で謎の高熱を発して倒れ、生死の境をさまよったのだが、一週間めの真夜中に山のほうからシャン、シャンと鈴の音が降りてきて、寝ている小屋のまわりを何周かして、またシャン、シャンと山のほうに帰っていった。朝になると熱は嘘のように引いていて、膝の横のところに小さな円《まる》い穴がポンと一つあいていた。

鈴の話をしてくれた友人はこう言った。「バリというところはね、その人に応じて、いちばん必要とするものを与えてくれるところなの」

時代はバブルで、私は使い途のないOLで、誰からも必要とされず社会のどこにも居場所がなくて、なりふりかまわぬ買い物だけが存在証明だった。でもバリ島に行けば何とかなるらしかった。私のような者にすら、それは適用されるらしかった。

バリの空港に着いたのは夜だった。ロビーに立って、迎えに来てくれるはずのガイドを待っていたら、黒い何かの群れが突進してきて私たちの荷物をかっさらっていった。群れはほんの三メートルぐらい先に停まっていたタクシーのトランクに勝手に私たちの荷物を積みこむと、戻ってきて「センエン」と言った。痩せて頬骨の飛び出た、目つきの険しい数人の男だった。いつの間にか横に立っていた現地のガイドの人に「ヒャクエンでいいです」と言われて百円玉を渡すと、男たちは私たちの顔の手前の空間をギロリとにらんで去っていった。

泊まったのはバリ島の南の端にあるクタという街のコテージ式の宿だった。暗い庭の中を、通路を歩いて自分たちのコテージに向かうあいだ、熱帯の草木の気配と匂いがむっとたちこめ、闇が深緑をおびていた。どこかでゲッコーが鳴いていた。

朝あらためて窓の外を見ると、緑は見ているだけで皮膚が染まりそうなほど濃く、その中を白いシーツをかかえた従業員の二人組がのんびり何か話しながら歩いていた。(あとで気づいたのだが、バリの働く人たちはどこでもたいてい二人組で、一人が何かするあいだもう一人はその人と話をしているだけだった。話をするのが仕事だったのかもしれない。)

とりあえず街に出てみた。バリ島は北に行くほど神秘的で観光ずれしておらず、逆に南に行くほど雑多で繁華だと聞いていたが、最南端のクタはさながら真夏の江ノ島だった。土産物店がひしめき、屋台が並び、道いっぱいに人があふれ、そして私たちはここで一生分ぐらいの「センエン」を聞いた。あれはいったいどういうシステムなのか、みんながみんな同じ形の小型のケースを持ち、その中に、これも示し合わせたように同じ腕時計やら、ぴかぴかにニスを塗った貝殻やら、細いブレスレットやらを並べて、猛烈な勢いで「センエン! センエン!

センエン！」と浴びせてくる。空港のあの黒い塊の人たちのような険しい目つきをしているところも同じだった。空港の出来事のあとわかったのだが、当時の千円は現地の人たちにとっては、日本の十万円ぐらいの体感であるらしかった。

ビーチのほうに出てみた。泊まっているコテージにはいちおうプライベートビーチがついていて、私たちが寝そべっているところまではセンエンの人たちは入ってこられなかった。だが波打ち際までは入れるらしく、その境界線ぎりぎりのところから、いろんな人が入れかわり立ちかわりこちらに向かって、オイルマッサージ！　ミツアミ！　パラセーリング！　と怒鳴ってくる。最初は寝たふりをしていたが、私たちはついに根負けした。その三つを済ませるまでは、ビーチでゆっくりすることは許されないらしかった。

バリでは何でも値切らなければならなかった。向こうが相場の十倍ぐらいの値を言い、こちらが相場の半分くらいの値を言い、やりとりの末に折り合う、というプロセスを、何をするにしても経なければならなかった。〈料金交渉はバリの旅の楽しみの一つ〉とガイドブックには書いてあった。〈現地の人との打々発止《ちょうちょうはっし》のコミュニケーションを楽しみましょう〉。でも私はこれをやるたびに訳もなく心が傷ついた。値切りに成功してもしなくても暗澹《あんたん》たる気分になった。値切るのが楽しい人など本当にこの世にいるのだろうか。さんざん値切ったあげく私たちの髪を三つ編みにしてくれたおばさん三人組は、手を動かしながらしきりに「日本人」という意味の言葉を言い合っていた。肝が冷えた。

私はこの旅行のどのへんでおかしくなったのだろう。

私の記憶の中で、バリ島は緑色と黒のだんだら模様だ。そしてそのだんだら模様の中を、白目をむき、口から泡を吹いて歩いているのが私だ。

センエンと値切りの精神的ダメージでテンションが変になった私は、焦って白目になって、なぜか仕切りだした。

丘の頂上にある、もう名前を忘れてしまった寺院に行った。寺院に続く長い階段のたもとに小屋があり、そこで記帳を求められた。私は白目のままてきぱきと三人分の名前を書き、言われるままにやけに高い入山料をまとめて払った。まさか寺までボるとは思っていなかった。階段を上りはじめると、小屋の裏から険しい目をした痩せた男の人が走り出てきて私たちの横にぴったり並び、頼みもしないのに勝手に英語でガイドを始めた。「ここはとてもとても神聖な寺院だ」「この山はとてもとても高い」「この寺院はとてもとても古い」「ここの景色はとてもとても美しいからここで写真を撮るといい」等々。聞くような聞かないような態度で階段を上りつづけていたら、「日本の人?」と横から声をかけられた。バリに一人で何度も来ているという同い年ぐらいの日本人男性だった。現地の人のように腰に布を巻いていた。入口でいくら払ったのかと訊くので答えたら、その人はバチっと額に手をあてて「あーあーあ」と言った。「困るんだよねえそういうことされると。ほかの観光客に迷惑かかっちゃうでしょ」私は白目で口から泡を吹きながらすみませんと謝った。ほかの友だち二人がその時どんな顔をしていたのかはわからない。「とてもとてもマン」は私たちと彼が話すことを嫌がって、体《てい》よく引き離されてしまった。頂上の寺院は修復中でカンナや木屑が散乱していた。帰り途、階段を半分ほど下りたところで、案の定とてもとてもマンはガイド料をよこせと言いだした。「いやです。頼んでいません」「ヒトリセンエン」「ノー。入口でお友だちからもらってください」「センエン」「逃げよう」最後のは連れの二人に言って、私たちはダーッと走って逃げた。とてもとてもマンは五、六メートル追いかけてきたが、すぐに諦めた。南国らしい粘りのなさだった。

その時の写真が今も残っている。「とてもとても寺院」で友人たちと写る私は笑っている。おどけてポーズをとっている。白目をむいてもいず、口から泡も吹いていない。

仕切ろうとして失敗した私は、いよいよてんぱった。バリをくちぐちに褒めたたえる知り合いの声が頭の中でぐるぐる回り、同行の二人への申し訳なさと気後れで目眩《めまい》がした。それを紛らわすために、私は自分にできる唯一のことをした。買い物だ。カエルの木彫り。バナナの木の形の木彫り。バナナの葉の木彫りの皿。またカエルの木彫り。木彫りの仲買人のように木彫りばかり買った。いちいち鬼神のごとく値切った。非情なほど低い値を言い、断られると帰るふりをするという姑息な技術も身につけた。そのときの私はたぶん険しい目つきをしていたはずだ。

三日めにはクタから北に上がったところにあるウブドに行った。ウブドはバリ伝統の絵や工芸品を作っている芸術の中心地で、万事ゆったりして美しかった。誰も険しい目をしていなか

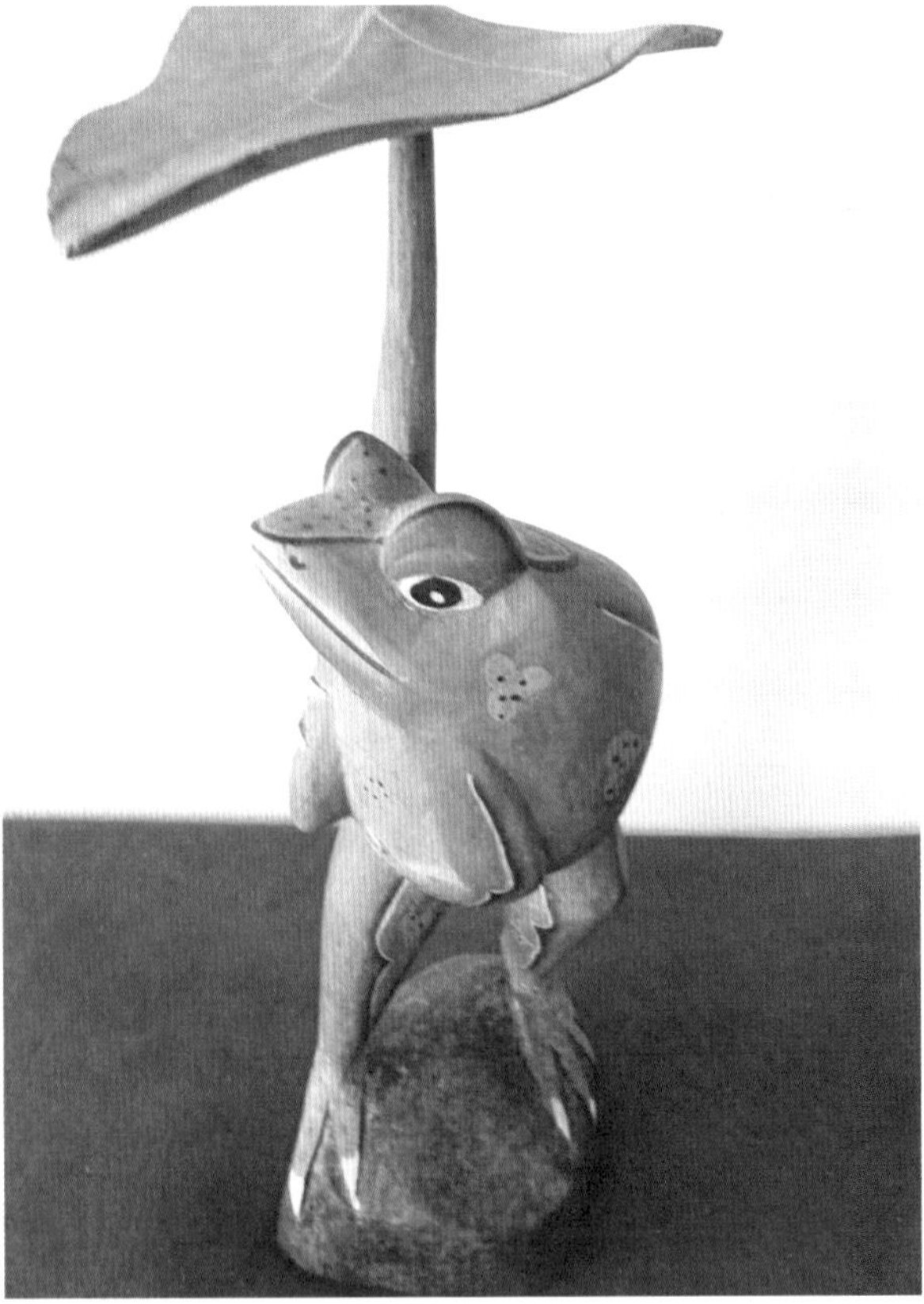

った。いいところだねえ、と私たちは言い合った。こんど来たらこっちに泊まりたいね。だが私はそこでも荒ぶる神のごとく買い物をした。木彫りを買い、銀細工を買い、大きすぎる絵を買った。絵は木枠からはずされてくるくる巻かれ、私はそれをバラして束ねた木枠といっしょにして十字架のようにかついで歩いた。

帰る前の日には、島のなかほどまで足をのばして「鳥葬の村」に行く予定だった。だが朝になってみると、いちばん行きたがっていた年下のほうの友人が行きたくないと言いだした。理由を訊いても青い顔をして首を振るばかりだった。「ゆうべ……。ほんとに何も見なかったの？」と訊かれたが、私ももう一人の友人もぐっすり眠っていて何も気づかなかった。私たちは鳥葬の村に行かなかった。かわりに何をしたのだったか、思い出せない。

バリというところはね、その人に応じて、いちばん必要とするものを与えてくれるところなの。

けっきょく私はバリ島から蘭の花も鈴の音ももらうことができなかった。私が持ち帰ったのは、使い途のない大量の木彫り細工と、飾る場所のない絵と、険しい目をした自分の黒い残像だけだった。

日本に帰ってからしばらくして、年下のほうの友人の家に集まった。鳥葬の村を嫌がった子だ。ベランダに通じる大きなガラスの引き戸の上から下まで、一直線にひびが入っていた。これどうしたの、と訊くと、バリから帰ってきて一週間ほどして、夜中に寝ていたら、外から大勢の人がベランダからなだれこんできて、反対側に抜けていったのだという。朝になって見たらガラスに縦にひびが入っていた。でも、その部屋はマンションの三階なのだ。

地表上のどこか一点

門を出て、Mならどっちに行くだろうと考えた。右はバス通りに出る道で、車も人もよく通る。たぶん左だ。小学校を右に見て急な坂を登っていくと、十メートルほどで道は突き当たり、その向こうは竹やぶ。草を踏み分けて入っていった。今から三十年ほど前、まだ実家暮らしをしていたころのことだ。

前の日、Mがきのう出ていったきり帰ってこないと職場に母から電話があった。Mは家猫だったが自由に外を行き来していて、朝出ていったきり夜まで帰ってこないこともないわけではなかった。

一日以上帰ってこなかったことは、それまでに二度あった。一度は家の前の小学校の木の上に登って下りられなくなったとき。学校で脚立《きゃたつ》を借りて、私が抱いて下ろした。二度めのときは、近所で建築中だった家の二階の骨組み部分に登って、やはり下りられなくなっていた。大工さんが何人も、野太い声を一オクターブ高くしてMちゃあん、Mちゃあんと呼び、やっとつかまえてくれた。お礼にあとでお酒を持っていった。

けっきょくその日の夜もMは帰ってこなかった。季節は冬だった。こんな寒い季節にずっと外にいるということは、どこかで動けなくなっているのだろうか。

私はパニックになった。いつかこんな日が来るのかもしれないとぼんやり考えていたが、子猫のころは実感がなかった。今は九歳になっていたが、やっぱりそんな日は永遠に来ないと思っていた。じっさいMはいつだって帰ってきた。でも今度こそ本当なのかもしれなかった。その日から長い猫捜しの日々が始まった。

Mは私が大学一年生のときに、バイト先の店主からもらってきた。家に来た当初はとても長生きしそうにない感じだった。ガリガリに痩せて全身ノミにたかられていて、ノミ取り用の櫛ですくと三十匹とれ、次の日にまた三十匹とれた。逆さまつげで、いつも目ヤニが流れていた。目に毛が貼りついて痛いのか、つねに目を閉じていて、漫画のヒデヨシという猫のように、目が線の形だった。それでも私も家族も猫を飼うのは初めてだったので、猫とはそういうものだと思っていた。

竹やぶの中は、地面に枯れた竹の落ち葉が厚く積もってふかふかしていた。しんとして、少しあたたかい気がした。今まで来たことがなかったけれど、Mは毎日ここでうずくまっていたかもしれない。奥に進んでいくと、朽ち果てた小屋と古い祠《ほこら》があった。猫の気持ちになって、次はどこへ行こうかと考えながら歩きまわった。いつの間にか自分の家と裏の家の境目の、道ともいえない細い隙間に出た。この角度から自分の家を見たことはなかった。私の知らないMは毎日こんなところを歩いて、こんな景色を見ていたのだろうか。Mはどこにもいなかった。

Mはよく怪我をする猫だった。猫のくせに運動神経が悪かった。そして怪我をするのはなぜか決まって年末だった。

ある年の年末、外から大あわてで走って戻ってきたその顔を見たら、顎がアントニオ猪木のように長くなっていた。蜂に刺されたのだ。べつの年には口から血を流して全身泥まみれになって帰ってきた。バイクか何かにはねられたらしかった。病院で麻酔を打たれて裂けた唇を何針か縫われた。獣医さんは「唇は縫いにくいんだよねえ」とぶつぶつ言いながら縫った。

ヒデヨシの線目に加えて唇も片方がケロイドっぽくなって、Mはますます猫っぽくなくなった。訪ねてきた客に「猫……ですか……?」と真顔で訊かれたりした。

Mがいなくなって一週間で、私は三キロ痩せた。食べられず、眠れなかった。うとうとしかけると、Mの首輪の鈴の音がチリチリ聞こえた気がしてはっと目が覚め、寝巻にコートをひっかけて外に飛び出した。夜中に友だちに電話をかけてベソベソ泣いた。電話の向こうで相手は寝ていた。

一階の雨戸の端を一か所四角く切って、Mが出入りできる穴を作ってあった。そこにMの好物のカニカマを置いておいたら、次の朝なくなっていた。私はがぜん希望を持ち、毎晩そこにカニカマを置いた。そのうち家族から苦情が出た。ガラス戸をMの出入口の幅だけ開けておくから家の中が凍てつく寒さになった。「Mが帰ってくるかもしれないのに」と私は言った。

べつの年の年末には、前足を片方ひょこひょこ浮かせて外から帰ってきた。獣医さんが「またMちゃんですか」と言いながらレントゲンを撮ると、脚を骨折していた。医者は「骨折する猫なんて初めて見ましたよ」と言いながら、Mの肩から足先に合わせて針金を曲げ、包帯を巻き付けてギプスを作り、それを肩にたすき掛けで固定した。それから二か月ほどは、夜、私が部屋にいると、廊下をコツ、コツ、と歩いてくる音がして、と、ほ、ほ、ほ、ほ、と鳴く声がした。ドアを開けろと言っているのだ。

それがいつも年末だったから、誰ともなしに、Mはうちの身代わり不動なのだと思うようになった。だからギプスが取れてもなんとなく捨てがたかった。何かの形代のような気がした。

Mがいなくなって半月が過ぎるころには、私はすっかり不審人物になっていた。土日のたびに竹やぶから家の裏、知らない家の塀と塀の隙間などを猫になりきって徘徊した。保健所や交番や獣医に片端から電話をかけ、これこれこういう猫が行っていませんかと訊ねた。まじないにも頼った。ある短歌の下の句を玄関の目立たないところに貼っておいたら、誰かのいたずらと勘違いした母が取って捨ててしまった。とうとう叱責された。しっかりしろ、生き物はいつかはいなくなるのだ、なぜそんなことがわからないのか。私には逆に、家のみんながどうしてそんなに正気でいられるのかがわからなかった。雨が降るたびに、Mがどこかで濡れているだろうかと思って気が気ではなかった。いなくなる前の晩、私が風呂に入っていたらMが浴室に入ってきて、珍しく目を見開いてニャアニャア鳴いて、それから浴室の窓から出ていった姿が頭の中で何度もリピートした。

Mの安否はひょんなことから判明した。ある日の夕方、尋ね猫の貼り紙を作ろうと思いMの写真を持って近所の文具店に向かっていた。向こうから小学生が二、三人で歩いてきた。ふと思いついて写真を見せて、この猫見なかった、と訊いてみた。「見たよ」と三年生ぐらいの男の子が言った。「あそこの電信柱のところに倒れてたよ」

その後母の情報収集活動により、どこかの家の人が、庭で死んでいた猫を見つけてゴミ集積場所の電信柱の根元に移動させたらしいことがわかった。ゴミ収集車は動物の死骸はゴミとはべつにして、ちゃんと火葬場に持っていってくれるのだという美容師さんの証言も取ってきた。私を安心させるための嘘かもしれなかったが、そのまま信じることにした。もう無理だった。Mの行方知れずがあと一週間続いていたら、廃人になっていたかもしれなかった。

私の体重はあっと言う間に元に戻った。眠れるようになった。それでも眠る前に、Mの最後はどんなだったのだろうとよく考えた。自分が死ぬことを知って、それで猫らしく死に場所を見つけに行ったのだろうか。その場所はどこだったのだろう。あたたかな濡れない場所だっただろうか。どこにあるかわからない、でも地表上にたしかにあるその一点のことを思った。

それからしばらくは、雨や雪が降るたびに、ああ、こんな天気なのに帰ってこないということはやっぱりMは死んでしまったんだな、と考えた。それがだんだん三回に一回になり、十年に一回になり、ついには何も感じなくなった。私はやっと本当にMを失った。

来たときはあんなにガリガリだったのに、最後は立派な大猫だった。招き猫と同じ白地にサバ模様で、ハチワレだった。顔はヤクルトの池山に似ていた。

大室山

母と妹と、伊豆シャボテン動物公園というところに行った。

父が死んでささやかな保険金が入ったので、その金で伊豆の温泉に行って遊んだ、その帰りだった。父が生きていたころは温泉なんて一度も行かなかったので、小さな遺影を連れていった。

伊豆シャボテン公園に関する知識はほぼゼロだった。なぜ「サボテン」ではなく「シャボテン」なのか、ということを三年に一度ぐらいの周期でうっすら考える程度だった。その際も、思い描くイメージは、たぶん熱海だったか熱川だったかにあるバナナワニ園とごっちゃになっていた。バナナワニ園にも行ったことがない。「ワナナバニ園」って言っちゃいそうになるよな、と五年に一度ぐらいの周期で考える。

予備知識ゼロで行った伊豆シャボテン公園は、興味深かった。

名前だけのことはあり、サ（シャ）ボテンに関して超本気だった。巨大な温室の中に、色も形も大きさもさまざまなサボテンが、これでもかとばかりに植えてあった。柱状のものは背丈が三メートルぐらいあり、かと思うともしゃもしゃに毛の生えたピンポン玉大ぐらいのもあり、地面にのたくった巨大なリュウゼツランがあり（テキーラの原料になる）、ミッキーマウスみたいなのやボブ・マーリーみたいな髪を生やしてるのや花にしか見えないのや乱雑に放置された庭のホースみたいな形状のものがあり、同じ仲間なのに形を統一しようという気が微塵《みじん》もないサボテンたちと、それらをこれだけの数一堂に集めたシャボテン公園の両方に、うっすらと狂気を感じた。なぜか天井近くに何羽か生きたフクロウやミミズクがいて、監視カメラのようにじっとこちらを見下ろしていた。

シャボテン公園には、動物もたくさんいた。猿、ツル、カピバラ、ペンギン。どういう基準で集められているのかはよくわからなかった。カピバラは人気で、檻の前はカピバラをバックに自撮りする人々で混雑していた。

園の目玉はハシビロコウだったが、檻は空っぽで、〈ハシビロコウは高齢につき本日は室内で休んでいます、モニターで様子をごらんになれます〉というような貼り紙がしてあった。モニターに映し出されたハシビロコウは微動だにしなかったが、画像が粗すぎて、生きているのか彫像なのかわからなかった。彫像のように動かないことで有名な鳥の彫像を鳥だと思いこんで見る、という高度な冗談なのかもしれなかった。

温室の出口近くに〈サボテン・バイキング〉と書かれたコーナーがあり、親指ほどの、いろいろな種類のミニサボテンが岩陰にびっしり並べてあり、お盆と箸を持ってその中から好きなのをひょいひょいつまんで寄せ植えにできる。私と妹は目の色を変えて、弁当を詰めるみたいにあれもこれもとサボテンを選んで、急に我に返って全部もとに戻した。なんだかサボテンに脳をやられている気がした。危なかった。

建物を出て顔を上げたら、真正面にそれがあった。山というよりは丘に近い、不自然なくらい丸くこんもりとした隆起。木が一本もなく、短い芝に全体を覆われていて、誰かの五分刈りの後頭部を眺めているみたいだった。大室山。あまりに記憶のとおりだったので、軽く動揺した。

その記憶の中で、私はたぶん十歳ぐらいで、その時もやはり母と妹といっしょだった。どういう状況だったのか、なぜ父がいなかったのかは覚えていない。

ロープウェイのようなもので頂上まで登った。降りたところには何もなかった。ただひたすらにまん丸な山だった。どっちを向いても、草に覆われたなだらかな下り坂だった。

その時のことで一番よく覚えているのは、母が妙にハイテンションだったことだ。当時、家の人はさまざまな理由で暗かった。私も暗かったが母はもっと暗く、学校から帰ってくると、いつも眉間に皺を寄せてソファに横になっていた。

けれども大室山の頂上で、母はものすごくはしゃいでいた。「ああ、なんって楽しいんだろう！」と言っていたのを覚えている。母が楽しそうだったので私もうれしかった。

けれども後になって、だんだんあれは夢だったんじゃないかと思えてきた。

そもそも私には、本当に行ったかどうか怪しい場所の記憶がいくつかあった。

たとえば、夕暮れどきに列車に乗っている。列車はとても長く、線路が弧を描いたときに窓から顔を出して見ても、先頭も最後尾も見えない。その弧の内側は大きな池で、ハスの葉でびっしり覆われている。私は三歳ぐらいで、伯母のような人たちと向かい合わせで座っていて、誰か一人がミカンをくれるのだけれど、車内に明かりがついていないので顔がわからない。というかなりはっきりした記憶があるのだが、親に訊いても、その時期そんな列車に乗ったはずはないという。

窓の外が緑色の蔦で覆われていてブドウがたわわに下がっていて、それを部屋の中から見ているのだが、外が明るすぎて部屋の中が真っ暗に見える。石の床に裸足で立っていて、足の裏がひんやりして気持ちいい。これも実際にはそんな場所に行った事実はなく、でもやけにリアルだ。

あるいは「ば山《やま》」という山。高さ五メートルぐらいで全体が毛に覆われていて、斜めに傾いたプリン形をしている。正面に扉がついていて、中に入ると真の暗闇だ。

そういう行ったはずのない場所の記憶は、どれもうっすら死後の世界めいていて、どこか非現実的な香りがする。だから「オオムロヤマ」もそれなんじゃないかと思っていた。だいいち記憶の中の山の形状はあまりにも奇妙すぎた。「お碗を伏せたように」まん丸で、木が一本もなくて、上からお握りを落とせば下まで一直線に転がっていきそう。そんな山が本当にあるとは考えにくい。だいいちあの母のはしゃぎぶりからして現実みがない。

と、思っていたのに、あっさりと目の前にそれはあった。記憶の中そのままの姿で。私はとっさに母の顔を見た。母は特に何の感慨もなく山を見ている。

ねえ、ほら、オオムロヤマだよ、昔行ったよね？　と訊いてみた。

そうだったかしらねえ、覚えてないわ。母はそう言って、シャボテン公園のほうを振り返った。売店で買わなかったカピバラのキーホルダーのほうが、よほど気になるようだった。

私はもう一度だけ口の中でオオムロヤマ、と言ってから、歩きだした。

暗がり

今まで経験したなかでいちばん真っ暗な暗がりは、養老天命反転地の「切り閉じの間」だ。

すり鉢状の広大な敷地に、オブジェとも廃墟ともつかない構造物が点在する場所を前に　私たちは一瞬呆けたようになってから、無言で散った。

入口で渡されたぺらっとした地図を見ながら一人で歩きまわった。ふつうの住宅をぐるんと裏返して、外壁に便器や食卓が露出しているような建物がある。作りかけて途中で気が変わってやめてしまったみたいな中途半端な迷路がある。一か所として平らな地面がなく、歩いているだけで目眩がしてくる。

地図の片隅に、小さく黒い四角い穴のような印がついているのが気になった。緑で覆われた低い丘のふもとに、よく見ないと気づかずに通り過ぎてしまうような小さな入口が切ってある。足を踏み入れると照明も射しこむ光もなく、すぐに暗闇になった。通路はひどく狭くて、人ひとりやっと通れるぐらい。両手で壁に触りながらそろそろ進む。通路は曲がりくねって、どこまでも奥に続いている。足元はゆるやかに下っているような気がするが、もしかしたら昇っているのかもしれず、前後左右ばかりか上下の感覚も怪しくなってくる。真っ暗だと、時間が止まる。自分の歩数と呼吸を残してすべてが消える。どこまでが自分の体なのかわからなくなり、自分が暗闇いっぱいに膨張しているような、逆に極小の点に縮んだような感じがする。恐怖なのか興奮なのか、よくわからない感覚で脳の処理能力がパンクし、あとちょっとで叫びだしそうになった瞬間、頭上からふわっと光が降りてきた。見あげると、高い天井に日本列島の形の窓があいていて、そこから外の光が柔らかく射していた。急に体が等身大にもどり、時間が流れだした。さっきまで叫ぶ寸前だったのが嘘のようだった。

待ち合わせ場所の、むき出しの地面に応接セットがめりこんでいる場所に行くと、みんなはくちぐちに自分の見た面白い場所について興奮ぎみに話していた。でも私は「切り閉じの間」のことを誰にも言わなかった。うまく言葉で説明できそうになかった。もう七年くらい前のことだ。あれは夢だったんじゃないかと思って養老天命反転地のサイトの地図を見たが、「切り

閉じの間」は、今も小さく黒く四角く、そこに記されている。

はっきり覚えている最初の暗がりは、小学校低学年のブラウニーのキャンプファイヤーの日だ。

ブラウニーはガールスカウトの下部組織で、私は毎週日曜日になると、エンジ色のとんがり帽子に同じ色の吊りスカートをはき、集会所になっていた三軒茶屋の幼稚園までバスで行った。そこで同じ制服を着た同じくらいの歳の女の子たちと、「うめ結び」というロープの結び方を習ったり、「ローゼン・パフン」という歌をうたったり、おやつを食べたりした。

ある晩、近隣のガールスカウトとボーイスカウト、それぞれの下部組織のブラウニーとカブスカウトが集まって、その幼稚園の庭でキャンプファイヤーをやった。火のまわりで歌をうたったり寸劇をやったり、棒に刺したパンみたいなものを焼いたり、ただそれらを熱心に主導しているのは大人のスカウトたちで、私たちは拍手したり眺めたりしているだけだった。一人、半ズボンのボーイスカウトの制服を着た三十歳ぐらいの男の人が、「盲腸をおして来てくれた」というので称賛されていた。あとでその人は隅のほうでじっとうずくまっていた。

火が消されて解散になったあと、なぜだか私たちブラウニー十人ほどだけが幼稚園の狭い中庭に集められた。大人のリーダーは私たちに待つように言ってどこかに行ってしまった。中庭は、ものすごく真っ暗だった。私たちは整列したまま小声でおしゃべりしていたけれど、お互いの顔も見えないなかで話しつづけるのは難しかった。私はなんだか無性に怖かった。リーダーが二度と戻ってこなかったらどうしよう。ずっとこの暗さが続くのだったらどうしよう。もう死ぬ。と思った瞬間、斜め上のほうがぱっと明るくなった。中庭に面した家の窓に電気が灯ったのだ。窓ガラスの向こうで、細長い黒い人影が動きまわっているのが見えた。幼稚園付属の教会の牧師さんだった。

いまだになぜあんな真っ暗な中庭に立たされていたのか、なぜあんなに暗闇が怖かったのかわからない。でもあの時の暗さと暖かい黄色い光のコントラスト、トンネルを抜けて地獄から一気に天国に来たみたいな気分は五十年ちかく経った今もはっきり体の中に残っていて、やばい駄目だもう死ぬ、と思ったときに、ほんの少しお守りのような役目を果たす。

幼稚園のころは、暗がりの中に必ず何かがいるので怖かった。夜、寝ていると、ふすまの合わせ目から蛍光色のピンクやグリーンのゼンマイのようなものがすーっと伸びてきた。べつに何をするでもなく、ただ光りながら伸びたり縮んだりするだけで、存在理由がわからないのが怖かった。

ある晩、ふくらはぎのあたりがくすぐったくて、ふとんをめくってみたら、電気あんかの上に小さい小さい人が二人座っていて、コショコショなにか相談しながら私の脚をさすっていた。

べつの晩には、目を覚ましてふと自分の手を見たら、気に入っていつもはめていた白い手袋の甲についていた花かごの刺繍が直接手の甲に刺繍されていて、こすってもこすっても取れなかった。今にして思うと、真っ暗ななかでどうしてそれらのものが見えていたのか、ふしぎだ。

でも大人の今は、暗がりがけっこう好きだ。何でもかんでも明るくあばきたてる昼間の光よりも、いろんなことを飲みこんで見えなくしてくれる夜の暗さのほうが優しく感じられる。特に夏の生あたたかい夜に外を歩くと、わけもなく楽しくなってくる。暗さに実体があるような気がして、それはたとえばプリンとか水羊羹のようなつるんとした質感で、それにくるまれ、それと手をつないでスキップしながら歩く。

いちばん手っとり早く暗がりを手に入れたければ、ふとんをひっかぶって目を閉じる。でもふしぎとそれは真っ暗ではなく、少し赤みを帯びているのは、血のせいだろうか。目をこらしていると、だんだん暗い赤や深緑のペーズリー模様がわいてくる。火花や、車輪や、ほかのいろいろなものの形がぐにゃぐにゃうごめきだす、と思っているうちに意識が遠のく。

カノッサ

通った幼稚園のことでまず思い出すのは、マイクロバスだ。その幼稚園は世田谷のどこか、幼児なので地理的な位置関係はわからないけれど家からはけっして歩いて行けない場所にあって、だから毎日マイクロバスに乗せられて通った。

園児は住んでいる場所によっていくつかの「ちく」に分けられていて、「ちく」ごとにマイクロバスの乗車場所が決められていた。私の「ちく」の乗車場所は、「あかづつみどおり」という幅が三十メートルぐらいある大通りと団地に通じる細い道が交わる角で、毎朝母に連れられてそこまで行った。

行くとたいてい何組かの親子が先に来ていて、母親どうしさっそくおしゃべりを始めた。でも自分がそこで何をしていたかは思い出せない。団地に住んでいたミネコちゃん（ものすごく気が強い）やトミヤさん（鼻と口がほとんどくっついていて、お母さんも同じ顔をしている）と話をしたのかもしれないが、覚えているのはただひたすら恐ろしかったことだ。みんなの立っている道の脇に、体感的には幅一メートル、深さ二メートルぐらいのドブというには広すぎる排水路があって、なぜか覆いも囲いもなく、私は話に夢中な母や自分がそこに落ちるのではないかと気が気でなかった。

帰りもマイクロバスで同じ場所に降ろされ、待ち構えていた母親にそれぞれ手を引かれて帰ったはずだが、帰りのこともあまり覚えていない。大人になってから母に聞いた話では、朝、私をマイクロバスで送り出したあと、ほかの母親たちと立ち話をしていたら、帰りのマイクロバスが来てしまったことがあったそうだ。ノンストップで五時間ぐらいしゃべっていたことになる。

私は幼稚園が嫌いで嫌いで、何回かに一回、どうしてもマイクロバスに乗りたくなくて激しく抵抗した。バスの入口のドアのへりに両手足を突っぱって、運転手さんに中から引っぱられ、母から尻を押されながらムギーーーッと泣き叫んだ。すでに乗っているほかの園児たちがはやし立てる。とうとうバスは私を残して発車するが、それで許してもらえるほど世間は甘くはなく、けっきょく母親に手を引かれて徒歩で園まで連行され、遅れて教室に入っていくとますますほかの園児にはやし立てられた。

だからなのか、マイクロバスの中の様子は、内部がどうなっていたのか、幼稚園に着くまで何をしていたのか、まるで記憶に残っていない。マイクロバスでいちばん覚えているのは「かぎ」のことだ。

園が終わると、全員が前庭に整列してマイクロバスに乗る順番待ちをした。ある日並んでいるとき、バスのフロントガラスの表面に光の加減で虹色の縦方向のモアレ模様のようなものが浮かんでいるのをふしぎな気持ちで眺めていた。すると隣にいた園児の誰かが「あれがかぎなんだよ」と言うのが聞こえて、今にして思えばそれは全然ちがう話だったのだろうが、私の頭には瞬時にモアレ模様イコールバスの鍵、という連結ができあがった。

私にはそういうことがしょっちゅうあって、だから仏壇にお供えしてある落雁のことを「ほとけさま」だと長いこと信じていたし、「オリーブ」というのは人々が頭の上にのせて運ぶ大きな岩の塊のようなものだと思っていた。誤連結は一度できたら解除不能で、だからいまだに車のフロントガラスを見るたびに、（どうやってガラスで鍵をかけるんだろう）と意識のはじっこで小さく考える。

バスの運転手さんは太い黒縁の眼鏡をかけた痩せたお兄さんで、園児にとても人気があったが、あるとき急に辞めてしまった。事故を起こしたのだったか、なにかもっと良くないことだったのか、大人が声をひそめて話すような感じのいなくなり方だった。

園舎は平屋建てでL字型に曲がっていて、L字の内側に沿って屋根つきの廊下があり、教室が並んでいた。手前の三つが年少組、奥の三つが年長組だった。その廊下に関して覚えていることは一つだけだ。休み時間に壁に寄りかかって立っていたら、同じ組のオウガくんという、ものすごく大柄で胸に心臓の手術のあとが縦一直線に入っている男の子が向こうから走ってきて、私の足にけつまずいて、どうと転んだ。オウガくんはちょっと動作に鈍いところがあり、起きあがって「だれだ！」と叫んだが、私はその前に逃げだして、休み時間のあいだ物陰に隠れてじっとしていた。あとでクラスに戻ると、誰かが「あれはキシモトさんがやった」と言うのが聞こえて、恐ろしさに泣いた。

私が二年間その幼稚園でやっていたのは、とにかく泣くことだった。なんらかの理由でほぼ毎日泣いた。私の人生でもっとも古い記憶の一つは、幼稚園からの帰り道に空を見ながら「あ、きょうは泣かなかった」と思ったことで、それくらい泣いた。三つ編みを引っぱられて泣いた。列に横入りされて泣いた。ミネコちゃんに「なによあんたなんか」と言われて泣いた。トイレに閉じこめられて泣いた。私はボタンを押すと泣く機械人形で、みんなむしゃくしゃしたり退屈したり特に理由がなくても私のところに来て、ボタンを押して、またどこかに行った。

そして私はお弁当が食べられなくて泣いた。お弁当は必ず最後まで食べなければならない決まりで、食べ終わった人から順に床に膝をついて早口で「かんしゃのいのり」を言い、椅子をさかさに机の上にあげて遊び場に出ていっていいことになっていた。私は食べるのが人一倍おそく、お弁当は噛めば噛むほど口の中で増え、さかさの椅子の林の中に一人だけ居残って　噛みながら泣いた。

　園舎の奥のほうには「おべんとうしつ」という場所があり、毎朝二人組の「おべんとうとうばん」がクラス全員のお弁当を把手のついたトレイのようなものにのせ、「おべんとうしつ」まで運んだ。昼休みになるとまた行って、ほかほかに温められた弁当ののったトレイを教室まで運んで配る。いろいろな家のいろいろな具材がいっしょくたに温められたむっとくる匂いをかぐと、いつもうっすら気持ちわるくなった。

　廊下から「おべんとうしつ」に入る境目のところに、なぜか幅二十センチくらい、そこだけタイルの色がちがっている場所があり、誤ってそこを踏むと死ぬことになっていたので、非常に恐ろしかった。絶対に踏むな踏んだらだめだと思えば思うほど体の動きがぎこちなくなり、一度などはあと数ミリというところでぎりぎり踏みとどまり、死のタイルから吹き上がってくる冷たい風が顔をなでるのをはっきりと感じた。

　教室と外の廊下、そしてL字の園舎に囲まれた遊び場のエリアが幼稚園の「裏」だとすると、正門と前庭、それから同じ敷地内の奥まったところに建っている修道院は「表」だった。日常の気安い「裏」とちがい、「表」は前庭の玉砂利や、暗い色の見慣れない形の木や、岩をくりぬいてはめこんだ聖母マリア像など、すべてがいかめしくかしこまっていた。

　週に一度、園児は整列して「表」エリアを抜けて修道院の中にある「おみどう」に行き　お

祈りをした。外から入ると「おみどう」はひどく暗くて、一瞬何も見えなくなる。ニスと、紙と、あと何かよくわからない脂っぽい古びた匂いがした。暗い壁にものすごく大きな油絵がかかっていて、そのうちの一つは黒い衣を着た「まどれ・かのっさ」と呼ばれる外国のお婆さんで、この修道院を創るかなにかした人だった。あともう一つ覚えている絵は、ライトアップされた夜のレインボーブリッジみたいな橋を上から眺めたような図柄で、でもそんな絵が修道院に飾られているのは考えたら変で、もしかしたらこれも勘違いか、夢で見たのかもしれない。

お祈りは毎日となえるので、意味がわからないまま口からすらすら出た。めでたしせいちょう、みちみてるマリア、しゅ、おんみとともにまします、おんみはおんなのうちにしゅくせられ、おんこイエズスもしゅくせられたもう。成長するのがめでたいのは何となくわかるとして、どうしてマリア様が道を見てるのかがわからなかったし、「おんみ」と「おんこ」は、言うたびに口の中でタクワンみたいな味がした。

「おみどう」に私たちを先導するのは、あの絵の中と同じ黒い服を着て黒い布で頭をおおった「まどれ」たちで、園には「まどれ」と、そうでない、制服のワンピースを着たふつうの先生とが半々いた。私のいた組の受け持ちはオオカワ先生で、組の子供たちの泣き方を何通りでも真似することができた。先生による私の泣き方は、声をたてない「ひっくひっく」という泣き方だった。ある日の休み時間、長く伸ばしていた三つ編みの先のゴムを誰かに取られて、片方が三つ編み、片方がざんばらの姿になって、泣きながらオオカワ先生のところに行ったら、先生はにこにこしながら「あらーすてきな髪形ね！」と言った。

もう一人の受け持ちの「まどれ・えりーぜ」は祖母ぐらいの歳のイタリア人で、園児たちに英語を教えた。私たちが輪になってまどれを取り囲み、まどれが紙を掲げて、その中の絵のどれかを指さすと、みんなが「どっぐ！」とか「すりーぷ！」とか答えた。まどれ・えりーぜは優しかった。いつもにこにこしていて、顔の白い産毛がいつも光っていた。片言の日本語で、園児全員の顔と名前を覚えていた。

大学に入ってすぐ、友だちが二人できた。どちらも羊のように柔和な、大柄なAさんと小柄なBさん。クラスでいちばん地味な三人組だった。Aさんは家が九州で、修道院に併設された女子寮に住んでいた。それが私の出たあの園の修道院だった。

一度だけ、Bさんと二人でその寮に泊まりに行った。二十年ちかく経っていたのに、園も、修道院も、それほど変わっていなかった。私たちはAさんの部屋でインスタントコーヒーを何杯も飲みながら地味な話で盛り上がり、夜はゲストルームで寝た。ベッドの脚がやけに高い、壁にキリストの十字架像がかかっているだけの質素な部屋だった。

翌朝、帰ろうとしたらAさんが「ちょっと待ってて」と言って修道院のほうに行った。懐かしい前庭で待っていたら、向こうからまどれ・えりーぜが歩いてきた。夢を見ているようだった。まどれ・えりーぜは少しも変わっていなかった。前よりも一段と濃くなった緑の、そこだけくり抜いたような光のトンネルの中を、ゆっくりこちらに向かって歩いてきた。おみどうの額縁の、あの絵のようだった。

まどれ・えりーぜは黒い布に囲まれた顔をにこにこさせて、両手を胸の前で合わせて、私の名前をまちがえずに呼んだ。ウレシイです、会いにきてくれたのね、と言った。昔のように、白い産毛が顔に光っていた。

私の愛するマリア様に
頼る人は
望む全てを得られます。
（創立者の言葉）

福者マダレナ・カノッサ
愛徳の娘修道会（カノッサ会）創立者

一七七四年三月二日にイタリアのヴェローナ
市で侯爵家の娘として生れ、一八〇八年
五月八日女子教育の為にカノッサ修道女
会を創立しました。

経堂

勤め人になって間もないころ、帰りの小田急線で吊り革につかまっていたら、目の前の席に小学校のときの知り合いが座っていた。向こうもすぐに私の視線に気がついて、〇〇ちゃん？と先に私の名を呼んだ。小六のときに同じ塾に通っていたAちゃんだった。

そのときちょうど電車が経堂駅に滑りこんだので、とにかく降りて話そう、ということになった。いっしょに通っていた塾が、経堂駅のすぐ近くにあったのだ。

商店街の途中にある適当な居酒屋に入って乾杯した。最後に会ってから何十年も経っているのに、互いにひと目でわかったのが面白かった。二人ともＯＬのなりはしていたが、話すしすぐに小学生のころに戻って、懐かしい話を機関銃のようにしゃべりまくった。

ほら覚えてるイケダ先生、怖かったよねえ。あたしなんて一年生でいきなり担任だったんだから、死にそうだったよ。あれ、Aちゃんとわたしいっしょのクラスじゃなかったっけ。ちがうちがう、学校ではずっと別々のクラスだった、塾ではいっしょだったけど。そうだっけ。あとあれ覚えてる、学校の裏に牧場があったじゃない。あーっそうそう四谷軒牧場！　廊下の窓をがらっと開けると牛と目があったよね。図画の時間に写生に行かされてさ、臭くてトラウマになった。言っても誰も信じてくれないんだよね、東京に牧場なんかあるわけがないって。

話しながらどんどんビールを飲んで酔っぱらった。楽しかった。お互い体は大人で、でも顔と中身は昔とあんまり変わってなくて、なのにこうしてお酒を飲んでいるのがふしぎだった。たぶんAちゃんも同じように感じているだろう。今は文房具メーカーに勤めていると言っていた。

居酒屋は時間制だったので、二時間ほどで追い出された。商店街を駅のほうに向かって歩きながら、私たちは昔あった、もうなくなってしまった店を数えあげた。本屋のキリン堂。魚のしんかわや。三階の文房具と屋上のペットショップが天国だった経堂ストア。日曜になると「なんでも十円屋さん」が軒先に店を広げていた松屋ストア。

駅が見えてきた。なんだか去りがたかった。今どこに住んでるの？　わたしは新百合ヶ丘、Aちゃんは？　あたしはね、もうちょっと先のほう。

塾に行ってみよう、と言いだしたのがどちらだったかは思い出せない。でもそれがその夜の冒険の始まりだった。

　駅の脇の細い道を線路に沿って進んでいく。私の記憶の中で、この道はいつも冬の夜だ。学校から帰ってランドセルを置き、塾の道具を入れた袋を提げて暗い道をとぼとぼ歩く。右側の線路の向こうには高いマンションがあって、いつもその中の一つの窓を探した。オレンジ色のカーテンが暖かく輝いていて、きっとあの向こうでは素敵な団欒が営まれているのだと想像した。

　たしかこのあたり、と見当をつけて曲がった路地の奥に、塾はまだあって、私たちは小さく声を上げた。建物は建て替わっていたけれど、○○塾、という昔の名前の看板が輝いていた。入口は外階段を上った二階にあるらしく、中の様子はわからなかった。私たちが通っていた当時は古びた木造平屋建てで、道に面して開いた玄関で靴を脱いで、寺子屋のように低い長机が並んだ木の床にじかに座って授業を受けた。中学受験専門の塾で、生徒は近隣のいろんな小学校から集まった四十人ほどだった。教師は頭の禿げたお爺さん先生だった。生徒を笑わせもするが、怒ると非常に恐ろしく、手に持った長い木の棒は、黒板を指すのと床をドンと突くのと両方に使った。

　懐かしいねえ、ああほんと懐かしい、そう言いながらひとしきり建物のまわりをうろついたり中を覗きこんだりしてから、また駅のほうに引き返した。

勢いで、自分があのころ住んでいた社宅も見てみたくなった。駅の反対側を十分ほど歩くことになる。いいかな、と言うとAちゃんは、行こう行こう、なんか面白いよねこういうの、と興奮ぎみに言った。

駅前も、小学校のころとは様変わりしていた。モカとバニラの二色味のソフトクリームが異常においしかった好味屋は消えていた。その隣にあったFMという喫茶店も、もうなかった。店の前面にショッキングピンクの幕をテントのように張った、当時の私にとってはおしゃれの最先端のような店だった。そうかと思うと、昔からネーミングが謎だった「百足屋《むかでや》」という化粧品店は、「ギャラクシーむかで屋」と名前を変えて生き延びていた。当時からおそろしく古びていた、運動靴屋なのになぜか店先で生卵も売っていた履物店も、そこだけ時間が止まったようにそのままだった。

私たちは駅を背にしてバス通りを住宅街のほうに歩きだした。あのころは道幅が途方もなく広くて渡るのに決死の覚悟が必要だったその通りは、いま見るとふつうの車道だった。私たちは歩きながら、また脳内の地図と照らし合わせて一つひとつ答え合わせをしていった。

学年にカトウさんっていう女の子いたの覚えてないかな、大柄で、ラテンっぽい顔だちの、その子の家がなぜだか小田急バスの駐バス場の敷地のすみっこに建ってたんだけど、ああやっぱりもうないや。それは知らないなー、あっでもこの辺に卓球場がなかったっけ。あったあった！　土日によくお父さんと行ったなあ、なんか狂ったようにやってた、卓球。その奥の銭湯は、ああさすがにもうないや。

　バス通りが川と交わるあたりで、川に沿って右に曲がる。といっても川はすでに暗渠《あんきょ》になって、その上がちょっとした遊歩道になっていた。ゴミだらけで黒い水がちょろちょろ流れる名前もないドブ川だったが、なくなってしまうと妙にさびしかった。

　けれども今は夜で、涼しい空に月が白く輝いていて、月あかりで見る町並みは細部が闇に沈んで、昔と何も変わっていないかのように錯覚できた。川向こうの路地の途中にはトタンで覆われたあんこ工場があって、薄紫色の小豆の搾りかすが入口のところにこんもりと積み上げられていて、大人たちによると、それは豚のエサになるのだった。その奥には青物市場があり、いつ覗いても、セリが終わったあとの無人の広場にしなびたキャベツやレタスの葉っぱが落ちているきりだった。路地をさらに入ったところには気のいいおじさんとおばさんがやっている八百屋があり、おばさんはいつも肩にオカメインコをとまらせていた。そのオカメインコはあるとき飛んでいってしまって、戻ってこなかった。

　Aちゃんと私はいい気分に酔っぱらって、夜の散歩を楽しんだ。誰もいない道に二人の足音だけが響いた。「べぼや橋」という名前の橋の先を左に折れるともうすぐ私が住んでいた社宅で、覚えてるかな、べぼや橋。ええっ知らないよそんな橋。どんな字書くのよべボヤって。

　社宅は、残っていた。建物は新しくなっていたし、社名も変わっていたが、記憶の中と同じ場所に存在していた。私はここに幼稚園から中三まで住んでいた。横長の棟が敷地内に二つ平行に並んで、ぜんぶで二十家族ぐらいが入居していた。二つの棟のあいだには茶色の土がむき出しの中庭があって、そこに下はよちよち歩きから上は中学生まで、何十人もの子供が入り乱れて遊んでいた。眺めていると、いろいろな情景がいちどきに蘇ってきて胸がうっと詰まった。

　黙って横に立っていたAちゃんがこちらを向いて、次はどこに行く？　と言った。街灯の逆光で暗くなった顔の中で、白目だけがきらきら光っていた。次はAちゃんちに行ってみようよ。あたしの家はべつにいいや。それよりほら、さっき言ってたピアノの先生の家、行ってみない？

　ピアノの先生の家は、たしかに気になっていた。小学校に上がってすぐから三年生まで通った。当時でもすでにかなりおんぼろの黄色い洋館だった。真っ黒な髪を長く伸ばした女の先生で、タバコとドライフラワーの匂いがした。前の子がレッスンを受けているあいだ、すり切れたゴブラン織りのソファに座って「少年マガジン」を好きなだけ読めた。マガジンは床のいたるところに積んであって、二階に上がる階段にまであふれていた。丸出だめ夫。キッカイくん。紫電改のタカ。無用ノ介。先生のことも、素敵にカオスなその家のことも大好きだったのに、あるとき急に通うのをやめさせられた。「赤ちゃんが生まれるから」と母に聞かされたが　先生はその家に一人で暮らしているとばかり思っていた。

　Aちゃんは先に立って歩きだしていた。半分スキップで、内巻きカールが肩で揺れていた。後を追いかけながら、急にAちゃんのことを何も知らないことに気がついた。家はどこだったっけ。クラスは何組だったたっけ。そもそも上の名前はなんだっけ。記憶の底で何かが動きかけて、また沈んだ。

角を一つ曲がった先は街灯がさらに少なく、その通りでは何もかもが昔のままだった。ブタクサが生い茂っている空き地。ヤマブキの垣根のある家。電話ボックス。裁判所の官舎。二ブロック行った角に、黄色い洋館はさらに古びて、でもあった。信じられなかった。いったい築何年だろう。窓に明かりはなく、見たところもう人は住んでいなさそうだった。

Aちゃんは玄関に続く階段をとんとん上っていき、何の迷いもなく扉を開けて中に入っていった。見おぼえのある、緑のペンキで上のほうに小窓のついた扉だ。え、ちょっと待って、ヤバいよ、そう言いながら追いかけた。扉がぎぃぃっと軋んだ。中は、真っ暗だった。埃とカビとドライフラワーのにおいがむっとした。「Aちゃん?」と小さい声で呼んでみたが、返事がない。思いついてバッグの中を探り、キーホルダーについている小さなライトを点けた。頼りない光がともって、手のひらぐらいの面積が照らされた。ピアノがあった。表面に縦にひびが入り、茶色っぽく変色している。すりきれたゴブラン織りのソファ、その足元には当時のままの少年マガジンが埃をかぶって積まれていた。墓場の鬼太郎。おれは鉄兵。ほらふきドンドン。楳図かずおのウルトラマン。部屋のどこかで笑い声がして、階段を駆けあがる足音が聞こえた。「Aちゃん?」追いかけようとして、漫画の束にけつまずいて床に倒れた。キーホルダーが手から離れて転がっていき、光がかき消えた。

あとがき

私は超がつくほどの、鬼がつくほどの出無精だ。一歩も地面を踏まない日はざらだし、すぐ角を曲がったところにあるクリーニング店に行こう行こうと思いながら半年そのまま、などということがふつうに起こる。

だから文芸誌「MONKEY」が創刊されることになり、何か連載をとの依頼をいただいたときに、「どこかに出かけていって見聞きしたままを書きたいです」と自分の口が勝手に言ったことに驚いた。

いまだに理由はわからない。もしかしたら、一日で行ったいちばん遠くの場所が郵便受け、みたいな生活に、自分の一部分はほとほと嫌気がさしていて、もっと地面を踏んでみたくなったのだろうか。それとも、ふだん脳内を堂々めぐりするようなものばかり書いていることに飽きて、現実の世界に触れたくなったのだろうか。

「死ぬまでに行きたい海」という連載タイトルを考えてくださったのは、スイッチの新井敏記さんだ。私がいつかインタビューで、死ぬまでに行きたい海があって、それはどこどこの海だ、と言っていたのだという。でも私はいつどこでそんなことを言ったのか、まるきり思い出せなかった。

ともあれ私はこの連載のために何か月に一度いろいろなところに出かけていき、見たまま聞いたままを書いた。出かけるといってもそんなに遠くには行かない。歩いて行ける距離とか、せいぜいふつうの電車で行ける場所ばかりだ。ステイホームと言われだしてからは、過去をさかのぼって記憶の中の場所に行くことも増えた。それでも鬼出無精の私にとっては毎回がちょっとした旅だったし、たとえ近い場所でも、心が思いがけなく遠くまでぶん投げられることがあるのを知った。

写真は、すべてあまり高性能でないスマートフォンで私が撮った。最初の計画では、私がスケッチがわりに撮った写真をもとに、素敵なイラストをつけていただくはずだったのだが、毎回私の原稿があまりに遅すぎて、スケッチのつもりの素人スマホ写真がそのまま使われることになった。

この本ができるまでには、たくさんの方にお世話になった。前身である「MONKEY BUSINESS」に引きつづき、「MONKEY」でも連載をと声をかけてくださった編集長の柴田元幸さん。毎回ぎりぎりの原稿を辛抱強く待ってくださった新井敏記さん。美しい装幀に仕上げてくださった宮古美智代さん。本当にありがとうございます。

ところで、私の言っていた「死ぬまでに行きたい海」がいったいどこだったのか、いまだに気になっている。それを思い出せたら、どんなに遠くても行ってみたい。

二〇二〇年　十月

岸本佐知子

初出
雑誌『MONKEY』vol. 1（2013 年 10 月）〜vol. 22（2020 年 10 月）
(連載「死ぬまでに行きたい海」第 1 回〜第 22 回)

出典
p. 173, 177「マダレナ・カノッサ幼稚園 1966 年度 卒園アルバム」より

岸本佐知子（きしもと　さちこ）
翻訳家。訳書にルシア・ベルリン『掃除婦のための手引き書』、リディア・デイヴィス『話の終わり』、ジョージ・ソーンダーズ『十二月の十日』、ミランダ・ジュライ『最初の悪い男』、ショーン・タン『内なる町から来た話』、ジャネット・ウィンターソン『灯台守の話』など多数。編訳書に『変愛小説集』『居心地の悪い部屋』『楽しい夜』など。著書に『なんらかの事情』『ひみつのしつもん』などがある。2007年『ねにもつタイプ』で第23回講談社エッセイ賞を受賞。

死ぬまでに行きたい海
2020年12月1日　第1刷発行
2022年2月11日　第3刷発行

著者
岸本佐知子

発行者
新井敏記

発行所
株式会社スイッチ・パブリッシング
〒106-0031　東京都港区西麻布2-21-28
電話　03-5485-2100（代表）
http://www.switch-pub.co.jp

印刷・製本
株式会社シナノ パブリッシング プレス

本書へのご感想は、info@switch-pub.co.jpにお寄せください。

ISBN978-4-88418-543-5　C0093
Printed in Japan